RIKOTTU

-Sielun Palttoo -

A Walkeapää

Nimikkeen automaattinen analysointi tietojen, erityisesti mallien, trendien ja korrelaatioiden, saamiseksi 13b § ("tekstin- ja tiedonlouhinta") mukaisesti on kielletty.

© 2024 Ailikki Walkeapää

Kansikuva: Pirjo Suojanen
Kannen editointi: Esko Rantanen
Tekstin välitarkastus: Ymmi

Kustantaja: BoD • Books on Demand GmbH, Helsinki, Suomi
Kirjapaino: Libri Plureos GmbH, Hampuri, Saksa
ISBN: 978-952-80-8384-9

Kaunis kiitos kaikille teille,
jotka olitte edistämässä
tätä kirjoitusprosessia sen eri vaiheissa.
Olen kiitollinen
osallisuudestanne, avustanne ja tuestanne.

A Walkeapää

LUKIJALLE

Halusin antaa äänen äänettömille, myös itselleni. Halusin tuoda näkymättömiä kokemuksia näkyväksi. Halusin etsiä piilossa olevia silmiä ja korvia. Ja heitä, jotka ovat valmiita kuulemaan ja näkemään. Tarjosin teosta kustannusyhtiöille. Kaksi kymmenestä vastasi: "Oikein hyvä, ajankohtainen, kieliasukin on kiinnostava. Mutta. Liian raju, aiheuttaa liikaa hälyä. Ei valitettavasti mahdu kustannusohjelmaamme." Mielestäni sain kirjani hiottua valmiiksi jo monennen kerran. Sitten se eteni taas eteenpäin, niin kuin aina hiomisprosessin jälkeen. Tällä kertaa jo toimitusneuvoston palaveriin saakka ja sieltä palautui liian tunteita nostattavana. Sen jälkeen tuli pysäys. Kässäri jumiutui sähköiseen tikkuun, vankilaansa. Minä juutuin sen näkymättömään voimaan. Annoin sen levätä ja itseni. Nukkumattomien öiden jaksoja oli paljon. Kunnes sähköisen tikkuvankilan ilmaisuvoima alkoi jälleen puskea aivoistani ulos. Vanhat rakenteet oli jälleen murrettava ja jätettävä. Päätin luottaa omiin siipiini. Omakustanne. Vapaus. Ilmaa siipien alle. Annoin uuden muodon syntyä. Pieni tyttö sisälläni huusi: "Onko siellä kukaan, eikö kukaan kuule". Minä kuulin, mutta kuulin tämänkin: "Liian raju, aiheuttaa liikaa hälyä". Ristiriita muuttui päänsäryksi, kallon luut puristuivat ja liikkuivat toistensa lomaan. Paineesta syntyi oivallus: Runoproosaa! Niinpä muokkasin, hioin ja muokkasin. Teksti muuntui. Idea säilyi. Ikigai. Runoa, proosaa ja runoproosaa. Se on lempeää ja letkeää kaikessa karuudessaankin. Se hiipii hiljaa tajuntaan koskettamatta välttämättä ihoa, herättelee ja ravisuttaa ja loksauttaa ymmärryksen lukot auki.

Tässäpä tämä sitten on valmiina luettavaksi, silmäiltäväksi, katsottavaksi. Pala elämää tai paloja, fiktiivistä sanataidetta tai kokemusperäistä tai molempia. Miten sen kukakin tulkitsee. Valinnanvastuu on sinun lukija, miten sen haluat lukea ja kokea, miten se sinulle resonoi. Kirjoittajalle Anna-Loviisan kasvutarina on kokemusperäinen. Se on pala elävää elämää lapsena rikotuista rajoista sekä irtipäästämisen ja eteenpäinmenemisen vimmasta. Myrskyä ja rytinää, kaaosta ja pelkoa, ikuista varuillaanoloa...

Tarina on kuvaus Anna-Loviisan elämästä konservatiivisessa yhteisössä. Anna-Loviisa ei tiedä oikeuksistaan päättää omasta kehostaan ja itsestään, sillä yhteisön arvot ja tarpeet menevät yksilön edelle. Milloin yhteisö on yksilö ja milloin yksilö edustaa yhteisöä? Tie monisyisen väkivallan keskiöstä kohti vapautta on mutkikas. Tarinan kokemusperäisyys ja fiktiivisyys limittyy ja lomittuu yhteen etsimättä voittajia, häviäjiä, syyllisiä. Anna-Loviisaa ja muita tarinan henkilöitä ei ole olemassa todellisessa elämässä sellaisenaan eikä heitä ja tapahtumien paikkoja voi sellaisenaan yhdistää keneenkään tai mihinkään. Monet ovat kokeneet samaa tai eläneet samankaltaisissa olosuhteissa kuin Anna-Loviisa. Ja niin monet ovat löytäneet oman selviytymistarinansa - onnittelut siitä. Onnittelut myös teille, jotka keräätte rohkeutta lähteä omalle kasvun matkalle. Tarina on matka – tie, jonka Anna-Loviisa valitsi. Jos sen lukeminen liikahduttaa yhdenkään lukijan ajatuksia, tunteita tai ymmärrystä, silloin tarina on tehnyt tehtävänsä ja niin monen ääni on tullut kuulluksi ja niin moni piilossa ollut kokemuksen tilanne nähdyksi. Anna-Loviisan tarinan lukija, olet silmät ja korvat vaietuille kohtaloille ja tapahtumille. Tarina joko koskettaa tai ei kosketa, lukijana pääset joka tapauksessa kuuntelijan ja katsojan rooliin. Se on iso ja tärkeä rooli. Päätät itse johtaako askeleesi Anna-

Loviisan tarinaan vai ei. Päätät askeltesi mitan ja vauhdin Anna-Loviisan arkisen elämän pitkospuilla. Matkalla on tienviittoja. Irti. Vapaus. Itsemääräämisoikeus. Et pääse eksymään.

Tarinan lopussa Anna-Loviisa liu'uttaa kättään rapukon seinällä olevan tapetin pinnassa. Tapetti tuntuu silkkiseltä käden alla. Kuin ennen vanhaan äidin kanssa kahvilassa käydessä. Vaaleanpunaiset pionit tummalla taustalla ja kauniin värikkäät linnut. Kokolattiamatto upottaa yhä Anna-Loviisan jalat pehmeästi punaiseen.

TIE

Se oli vain yksi tavallinen selviytyjän päivä,

kun ahdistus avasi silmät,

kun tunteiden malja läikähti yli.

Anna-Loviisa kysyi itseltään:

Olenko minä olemassa?

Kaaoksen ja rikkonaisten

mielenkuvien sekamelskan keskellä

Hän ei ollut enää varma.

Realismi rävähti auki apposen ammolleen.

Siitä alkoi tie kaaoksesta kohti selkeyttä...

ARMO

Anna-Loviisan kokemukset ovat liian vanhoja oikeuden käsittelyyn. Laki näet oikeuttaa käsittelemään lapseen kohdistuvan seksuaalisen väkivallan vain niin kauan, kunnes uhri on täyttänyt 28 vuotta. Anna-Loviisan ikä on paljon enemmän. Eikä hän laillista oikeutta ensisijaisesti osaa tavoitellakaan. Elämänsä parsimiseen ja itsensä kokoamiseen Anna-Loviisa tarvitsee apua.

Tilanne tuntuu jäävuorelta. Jäävuori on Anna-Loviisan tapauksessa suuri. Siihen suhteutettuna ihmisikä on taas lyhyt tai pitkä riippuen mistä suunnasta sitä tarkastellaan. Jos aika on kulunut umpeen ja laki ei enää ulotu jäävuoren huipulle, niin uskonnoista riippumaton armo saattaa joskus sinne yltää. Luojan kiitos, näin käy Anna-Loviisalle. Armo löytyy psykologin työhuoneesta.

VÄLÄHDYKSIÄ

Paha olo ja väkivalta vangitsee sisältäpäin koko kropan, jokaisen lihaksen ja sidekudoskalvon, sielun ympärille tiiviiksi paketiksi. Anna-Loviisa istuu ja tuijottaa kauan näkemättä mitään ennen kuin kyyneleet tulevat. Psykologin vastaanotolla hän istuu oman elämänsä elokuvassa: väkivallan, huudon, kivun, tuskan ja ahdistuksen keskellä voimatta tehdä mitään. Näkymät Anna-Loviisan lapsuudesta nousevat filmiksi silmien eteen. Tutut paikat ja ihmiset syöksyvät jostain tyhjyydestä elävinä sähköiskumaisina välähdyksinä. Välähdykset seuraavat toisiaan ketjussa kaaosmaisesti. Mitään kronologista aika- tai tapahtumajärjestystä tässä elokuvassa ei ole. Vain mielivaltainen kaaos: Äiti, Pekka-isä, joitain aikuisia ja nuorempia ihmisiä Anna-Loviisan lapsuuden ajoilta, uskonyhteisön seurakunnan puhujia, seurakansaa, kotieläimiä, tuttuja esineitä, tuttuja huoneita, pätkiä tapahtumista ja kokonaisia tilanteita... Lapsuus, nuoruus ja aikuisuus, kokemukset, äänet ja hajut sekä tapahtumien kontekstit sikin sokin. Kipu, tuska, pelko, toivo ja paljon sanoittamattomia tunteita on yhtäkkiä hengitysilma tiiviinä.

Ja tämä tiiviys sitoo kaaosmaisessa järjestyksessä olevat kuvat toisiinsa. Se on kuin maailmanlopun fiktiota. Kyyneleet valuvat Anna-Loviisan poskille ja poskilta syliin. Hän kokee jälleen sen ennen kokemansa tuskan, saman kivun ja saman epätoivon.

Tässä mielen kaaoksessa Anna-Loviisa muistaa mummonsa sanat ja rauhoittuu. "Pie sie sielus turvassa tyttö. Aina. Silloin pyssyy elämä tolpillaan. Pie sielus palttoon sisäs suojas." Anna-Loviisa herää todellisuuteen. Mummon elämän agenda on Anna-Loviisankin elämän agenda, hengissä selviytymisen tie tarvitsee sielulle palttoota päälle.

TRAUMANKUVIA

Ne tulevat Anna-Loviisan uniin ja ne tulevat päivän askareisiin. Ne tulevat lupaa kysymättä, varoittamatta. aikaa tai paikkaa katsomatta. Ne ovat muistikuvien palasia Anna-Loviisan elämästä, välähdyksiä menneestä. Traumankuvia. Rosoisia, rikkoreunaisia eläviä kokemuksia. Ne tulevat sikin sokin täysin irrationaalisesti. Ne saavat tulla nyt turvallisesti ulos sellaisenaan. Rohkeus rosoisuuden kohtaamiseen ja irtipäästämisen vimma tunnelukoista alkaa liikahdella sisuksissa. Psykologin huone on turvallinen. Ja sitten yhtäkkiä silloin tällöin traumankuvien välissä tupsahtaa kuvankauniita turvallisia väläyksiä kuin vakauttamaan epävarmaa tilannetta.

RUU-MII-DEN VIR-TAAN-LAS-KU

Anna-Loviisa kyykistelee, kurottaa pensaiden alaoksille. Poimii ja tiputtelee jotakin yksitellen lasipurkkiin. Purkin kyljessä lukee Riihimäen Lasi. Anna-Loviisa poimii keskioksilta ja tiputtelee nekin lasipurkkiin. Anna-Loviisa kurkottaa yläoksille ja jatkaa poimintaa varpailleen nousten. Tiputtelee poimimansa öttiäiset lasipurkkiin. Pensaat ovat korkeita. Ne muodostavat raja-aidan naapuriin. Lasipurkissa on oranssinpunaista liikettä. Leppäkerttuja purkki yli puolillaan. Anna-Loviisa hyräilee: "Lennä, lennä leppäkerttu, ison kiven juuree..." On lämmin kesäpäivä ja vuosi, jolloin on paljon kirvoja pensaissa ja paljon leppäkerttuja.

Anna-Loviisa katsahtaa nopeasti ympärilleen. Hyvä, hyvä, ketään ei näköpiirissä. Hän syöksähtää rinteeseen, ison vuorimännyn juurelle, sujauttaa kainalostaan isohkon lasipurkin juurakon ja oksien alle piiloon, tarkistaa kannen – kiinni on. Nopeasti hän juoksee kauemmaksi. Kukaan ei hoksaa hänen piilojaan ja salaisuuksiaan.

Joel pötköttää sillalla mahallaan, sohii kepillä virtaavaa vettä.

- Anna-Loviisa tuu tänne - ongitaan, huutaa Joel.

Anna-Loviisa astelee määrätietoisesti Joelin taakse, laskee ulpukanlehden varovasti sillalle. Lehden päällä on isohko kasa oranssinkeltamustaa mössöä.

- Kato Joel mitä mulla on. Pidetääks ruumiiden-virtaanlaskutilaisuus? Niitten sielut puhistuu tuulessa ja virta vie ne taivaaseen.

- Mitä noi on tossa kasassa?

- Kuolleita leppiksiä, eiks oo kauniita. Kuolema on niin kaunista.

- Tapoit sä ne?

- Joo. Mulla on tuolla mestauskivi. Sellanen laakee ja iso. Ja mä nuijin ne hengiltä pyöreellä kivellä. Sellasella käteen sopivalla.

- Mä en tajuu sua. Tapoit tollasen kasan leppiksiä. Nehän syö kirvoja ja on hyödyks. Ja on kauniita, eikä tee mitään pahoja juttuja.

- Onhan ne tässäkin kauniita. Kato, kun auringon valo osuu niihin niin oranssi oikeen hehkuu. Ne on kuoleman omia. Ne pitää ny pelastaa herralle.

- Anna-Loviisa, miks ihmeessä sä tapoit ne?

Hiljaisuus...

Joel nousee ja laittaa kätensä Anna-Loviisan hartioille, katsoo Anna-Loviisaa syvälle silmiin. Tuuli heittää Anna-Loviisan pitkiä tummia hiuksia kasvoille. Joel pyyhkäisee ne hellästi pois.

- Anna-Loviisa. Kato mua silmiin ja vastaa. Miks sä tapoit ne?

- Mun oli paha olla. Se helpottaa, ku kuuluu sellanen Tumps- sitten rahiseva -Mäjäys. Mä teen noin aina, ku paha olo puristaa liikaa. Sit mä siunaan ne ja laitan virtaan ja laulan. Saatan ne herran huomaan. Ne pääsee taivaasee. Siel ei oo kipua. Ei kukaa enää hakkaa, eikä tarvii pelätä kenenkään tappavan tai kuristavan. Eikä kukaa pakota pyytää anteeks toisten pahoja tekoja.

Joel purskahtaa itkuun. Anna-Loviisa vuorostaan laittaa nyt kätensä Joelin hartioille, halaa ja lohduttaa.

- Kuule Joel, lasketaa ne ny virtaan ja annetaa herralle. Sit kaik on hyvin. Mä lähetän ne toiselta puolen siltaa ja laulan. Mee sä kepin kans siihe mahallee ja anna lempeesti vauhtia, ku leppislautta tulee sillan alta. Sillai ku enkeli tekis, lempeesti.

Joel syöksähtää polvet notkahtaen mahalleen sillalle, kurkottaa veteen kepillä ja odottaa. Leuka väpättää ja itku pyrkii esiin. Anna-Loviisa ottaa hellästi ulpukanlehden käsiinsä, laskeutuu polvilleen ja mahalleen, kurkottaa veden päälle ja pudottaa taitavasti lehden. Murskatut leppikset säilyvät siistissä kasassa, eikä lehti keikahda.

- Herra hyvästi siunaa matkanne. Sielunne on puhdasta kultaa. Siunattua matkaa teille rakkaat leppikset.

- Siunattua matkaa minunkin puolestani; sanoo Joel nyyhkyttäen. Herra armahda.

- Nousehan ylös Joel. Nyt lauletaa.

- Mitä me lauletaa?

- No "Lennä lennä leppäkerttu ison kiven juuree..." Lauletaa yhessä. Yks, kaks, kolme nyt!

Joel ja Anna-Loviisa ristii kätensä, selkä suorana ylväästi katsovat taivaalle. "Lennä lennä leppäkerttu ison kiven juuree, siellä äitis isäs keittää teille ison padan puuroo. Herra siunatkoon teitä. Varjelkoon teitä. Herra kääntäköön kasvonsa teidän puoleenne."

Yhteinen laulu kajahtaa sillalta. Naapurin setä katsoo ihmeissään laituriltaan.

YHTEI-SÖÖN SYN-TYNYT

Anna-Loviisa syntyy äärikristilliseen perheeseen lehtolapsena, äpäränä. Elämä on sekamelskaa, turvattomuutta, pelkoa, väkivaltaa, kipua ja ruhjeita. Se on jatkuvaa selviytymistä hetkestä seuraavaan hetkeen. Arvomaailmojen yhteentörmäyksiä. Ristiriitoja pään sisällä. Hengissä säilymistä. Syöksymistä tilanteesta toiseen.

TI-LA

Anna-Loviisa hahmottaa tilan jokaista senttimetriä myöten. Leveyssuuntaan, pituussuuntaan, korkeussuuntaan. Tieto on tärkeä jokaisesta vapaasta senttimetristä jokaiseen suuntaan. Se on arvio, missä ja mistä pako on mahdollista.

***

Väkivallan uhka on jokapäiväistä. Vaisto ja muistikuvat isosiskon kanssa tehdyistä pakotilanteista mieleen syöpyneenä karttana. Reitti 1 vai Reitti 2 vai Reitti 3 ja kuitenkin vain Reitti 2 on toimiva.

***

Jokainen reitti johtaa johonkin Turvaan.

On Turva 1, Turva 2, Turva 3. Erilaisia turvapaikkoja. Turva 1 on väliaikaturva. Turva 2 on maksimissaan yön yli turva. Turva 3 on lukollinen tila, jossa on mahdollista tsekata fyysiset ruhjeet.

AS-KELEET

Isosisko painautuu seinää vasten lähelle ulko-ovea ja Anna-Loviisa siihen siskon kylkeen kiinni. Molemmat vapisevat pelosta. Askeleet kiertää taloa. Ikkunoihin koputetaan. Vielä menisi yli tunti ennen kuin mummo tulisi kaupasta. Tyttöjä pelottaa. Askeleet loittonevat, kuuluu vain soran rahinaa. Isosisko kurkistaa varovasti ikkunasta muttei näe. Puut ovat edessä.

- Shhhh. Anna-Loviisa. Kuuntele tarkkaa. Nyt juostaan naapurii turvaa. Joku kiertää taloa ja koputtelee ikkunoihi ja ovee. Kuunnellaa hipihiljaa, ku askeleet lähtee kauemmaks. Sit syöksytää ovesta ulos. Turvaan. Naapurii. Mä pidän sua kädestä! Juostaa lujaa tielle ja mäki ylös naapurii. Siel ollaa turvassa. Ootko valmis Anna-Loviisa? Täytyy olla nopee.

- Joo. Älä jätä mua. Pidä kädestä kii.

- Pidän. Nyt mentiin. Juokse!

- Juoksen!

- Juokse lujempaa!

Isosisko vetää Anna-Loviisaa perässään. Pienet jalat ei yllä isosiskon vauhtiin. Onneksi sisko retuuttaa Anna-Loviisaa eikä irrota. Anna-Loviisan jalat on ilmassa, sisko lennättää hänet kohti naapuria suurella adrenaliinin voimalla. Alapihalta kuuluu miehen kähëan räkäinen nauru.

- Hah-hah-haa! Pelottaako namupalat! Arvasinhan, siellä sisällä piileskelitte. Juoskaa vaan ihan henkenne edestä, kyllä minä teidät kiinni saan ja arvatkaas mitä teen. Teen niin kuin tytöille tehdään. Hah-hah-haa pelkurit! Kyllä minä teidät nappaan.

- Kuka se on sisko?

- Anna-Loviisa. Juokse nopeasti nyt!

- Minä juoksen! Väinö se on! Tunnen äänen.

- Niin on! On ehdittävä turvaan!

HE-LE-VETTI

Seurat on lopuillaan, loppuvirttä veisataan. Anna-Loviisa livahtaa ulos. Pelottaa kohdata he-le-vetti, mutta kuumaa pätsiä tai tulikivikekäleitä ei näykään missään. Ei edes jälkiä niiden olemassaolosta.

Anna-Loviisa mietiskelee: "kyllä jumala on niin taitava. Osaa puhaltaa kaikki kekäleet, tuhkat ja kuumuuden taivaan tuuliin hetkessä. Vasta äskenhän Vällikkä saarnas - ulkopuolella on pahuus ja he-le-vetti.

Ä-PÄRÄ

Anna-Loviisa näkee. Näkee korkealta mäeltä tapahtuman rannassa. Läheinen, turvallinen aikuinen, soutaa veneellä rantaan. Pekka-isä juoksee miestä vastaan, ottaa puseron kauluksesta kiinni ja lyö. Mies horjahtaen kaatuu, jää siihen makaamaan liikkumatta. Anna-Loviisa juoksee mäkeä alas. Vimmattu sielun oikeudenmukaisuus saa pienen Anna-Loviisan syöksymään kohti vaaraa. Tuska ja epätoivo voittaa pelon. Anna-Loviisa juoksee huutaen:

- Miksi löit!

***

On kesä ja kuuma ja Anna-Loviisa on pikkusortsisillaan. Pekka-isä lähestyy vihaisin pitkin rivakoin askelin. Anna-Loviisa säikähtää, kääntyy äkkinäisesti ja juoksee ylämäkeen kompuroiden. Juoksee polkua ylös ja kaatuu. Kaatuu kasvoilleen maahan. Pekka-isällä on puukko ja silmissä viha. Anna-Loviisa makaa maassa. Makaa maassa kasvot mullassa, vapisten. Polulla. Metsässä. Puukon terä rikkoo paljaan selän ihon. Kasvoistakin vuotaa veri. Äidin ääni kuuluu liian kaukaa ylhäältä mäeltä:

- Älä tapa sitä lasta!

Pekka-isän ääni jylisee liian lähellä, Anna-Loviisan yllä. Ympärillä. Kaikkialla.

- Piru se on ja äpärä!

Pekka-isän ääni täyttää koko ympärillä olevan ilman ja sitten koko maailman, kunnes pimeys ehtii Anna-Loviisan pään sisään. Äiti huutaa mäeltä:

- Älä tapa, vaikka olisikin itse Piru!

PI-RU

Olohuone toimii Pekka-isän ja äidin makuuhuoneena. Sohva on sänkynä öisin. Pekka-isä on paljon öitä pois. Tekee töitä päivisin, iltaisin ja monesti öisinkin. Tekee montaa työtä ja nukkuu usein työpaikalla. Äidin ja Pekka-isän seksielämä ei suju. Ei myöskään yhteinen arki. Riitaa on paljon ja usein riidat johtaa väkivaltaan, joissa kohteena on Anna-Loviisa.

***

Äiti leipoo. Pekka-isä tupsahtaa tuohtuneena keittiöön. He riitelevät, Pekka-isä ja äiti.

- Mikä vaimo sinä olet, kun en sinulle kelpaa. Lapsia on perheessä oltava ja minä en niitä kykene siittämään. Sinä saat äpäröitä toisten kanssa. Se on jumalan tahto, juu olkoon niin. On ainakin uskovainen perhe lapsineen. Kukaan ei syytä meitä siitä. Mutta itseni minä sinussa haluan tyydyttää ja sinulle se ei käy. Sitä minä en perheen päänä hyväksy!

Pekka-isä iskee nyrkkinsä raivoten keittiön pöytään. Leipäjauhot pöllähtelee ilmaan sakeana pilvenä.

Jauhopilven takana äidin selkä suoristuu koko mittaansa, silmissä on kylmä katse.

- Kuule, ota piru. Kasvata siitä nöyrä, äläkä sotke minun jauhojani siinä.

- Jaa piru, mistäs minä sen tähän teen. Jaa-a, onhan meillä piru! - Pekka-isä tokaisee ja lähtee keittiöstä vinosti hymyillen.

***

Anna-Loviisan perheessä leveä suurisolkinen miesten vyö ei pidä Pekka-isän housuja ylhäällä fyysisesti vaan henkisesti ja tietenkin hengellisesti. Arvokkaasti Pekka-isä kävelee vaatehuoneeseen, silittää nahkavyökieppiä, ottaa sen käteensä ja tulee eteiseen karjuen:

- Anna-Loviisa! Piru sinusta on ajettava herran nimessä pois. Nöyräksi sinun on opittava. Miehen tahtoon aina alistuttava.

***

Ulko-oven jälkeen on pieni eteinen. Sen jälkeen on iso eteinen. Isossa eteisessä on valkoiset korkeat kiviseinät ja suuri punainen lipasto. Lipaston päällä on musta puhelin. Lankapuhelin, niin kuin puhelimet joskus olivat. Puhelin siis on, mutta liian korkealla punaisen lipaston päällä.

***

On ovi isosta eteisestä vaatehuoneeseen. Vaatehuoneessa yksi isoista valkoisista hyllyistä on miltei tyhjä. Siinä lepää paksu ja leveä nahkavyö. Lepääkö vyö hyllyllä? Vai onko se varuillaan? Vyö on ruskea ja kiepille kääritty. Kiepin keskellä on hirmuisen suuri ja raskas metallisolki. Se on miesten vyö. Isojen miesten vyö. Sellaisten miesten, jotka ovat jumalan miehiä. Jumalan miehet osaavat kasvattaa herran nuhteessa. Pekka-isä on jumalan mies. Sellainen, kenen silmiin syttyy himo, kiiltävä himo, joka räjähtää silmittömäksi voimaksi. Hyvin hallitsemattomaksi satuttavaksi voimaksi. Voima satuttaa ja rikkoo. Se satuttaa nahkaa. Se satuttaa lihaskudosta. Se satuttaa joskus luitakin. Se satuttaa mieltä. Se miltei satuttaa sielua. Se satuttaa lujasti ja rikkoo. Rikkoo nahkaa ja lihaskudosta ja luita. Isä, vyö ja voima rikkovat lasta kolmiyhteisen jumalan nimissä.

***

- Housut alas ja pyllistä!

Housut alas ja pyllistä!!

Housut alas ja pyllistä!!!

Kului viisi sekuntia ensimmäisestä huudosta seuraavaan huutoon. Viisi sekuntia toisesta huudosta kolmanteen huutoon. Viisi sekuntia aina huutojen välillä. Sitten riuhtaisu ja kankaan repeävä ääni. Käden mäjähdys niskaan. Ison käden iso mäjähdys. Kipua tuottava mäjähdys. Sitten karkea kouraisu alastomassa haarovälissä. Pekka-isän sormet viiltää häpyvaossa. Anna-Loviisan peräpää nostetaan karkeasti ylös. Anna-Loviisan sydän hakkaa. Hakkaa niin lujaa. Kuulostaa tykin jyskeeltä. Otsa painautuu lattiaan, pylly paljaana ylhäällä. Tässä asennossa kokonaisuudessaan sukupuolielimiä myöten. Haarojensa välistä Anna-Loviisa näkee kiiluvat silmät. Himon täyttämät kiiluvat Pekka-isän silmät. Anna-Loviisaa pelottaa. Pekka-isä päästää vyön kiepiltä. Kuuluu rullaava ääni. Äiti on vieressä ja määrää.

- Lyö! Pekka-isä lyö, äiti huutaa. Nujerra piru pois!

Tämä on aikuisten saumatonta yhteistyötä. He kasvattavat lastaan herran nuhteessa.

- Pirun minä sinusta ajan pois äpärä! Hakkaan rumaksi, ettet kelleen kelpaa! huutaa Pekka-isä.

***

Mirri loikkaa olohuoneen nojatuolista piiitkällä loikalla ovelle asti. Se syöksyy Pekka-Isän jalkoihin, sähisee ja sylkee. Kieppuu siinä jaloissa. Pekka-Isä hermostuu. Yrittää tavoittaa Mirriä kädellään. Mirri väistää. Pekka-isä yrittää potkaista. Mirri väistää.

- Kissan rontti häivy siitä!

Sitten Pekka-isä tavoittaa Mirrin takajalan, ottaa siitä kiinni ja huitaisee Mirrin vauhdilla sivuun. Mirri liukuu ulvahtaen kylki edellä lattiaa pitkin olohuoneen puolelle. Sieltä se nilkuttaa oviaukkoon. Istuu siihen oviaukkoon tuijottaen Pekka-isää ja murisee kuin koira. Samaan aikaan Anna-Loviisan kauhusta sokea katse tuijottaa jalkojen välistä Pekka-isää.

***

Kipu viiltää. Viiltää lujaa. Viiltää liian lujaa.

- Apua! Älä lyö! Älä lyö minua!

Älä lyö!! Älä lyö, Pekka-isä!!! Anna-Loviisa huutaa!

Anna-Loviisa huutaa niin kovaa, että naapuriin on pakko kuulua. Huutaa, kunnes Pekka-isän huuto peittää hänen äänensä!

- Äpärä! Piru! Suu kiinni!! Tämä on minun oikeuteni ja velvollisuuteni!

Seremonian jatkuessa Pekka-isä huohottaa. Äidin ääni kiihtyy samassa tahdissa kuin Pekka-isän lyönnit ja huohotus.

***

Vaikka Anna-Loviisa huutaa, kukaan ei kuule. Vai kuuleeko sittenkin. Kukaan ei koskaan tule. Kukaan ei auta.

***

Pikkuhiljaa Anna-Loviisa oppii pelin ja sen säännöt. Pelkää, mutta oppii. Oppii olemaan hiljaa. Oppii olemaan hiljaa ilman kyyneleitä. Silloin kiirastuli ei kestä niin pitkään. Ja hiljaisuutta pidetään nöyryyden merkkinä.

***

Anna-Loviisa oppii poistumaan ruumiistaan kipukynnyksen ylittyessä. Siirtyy katsomaan tapahtumaa sivusta. Katsoo, kun Pekka-isän silmät kipinöivät himosta. Mitä enemmän ne kipinöivät, sitä kovempaa metalli läiskähtää iholle. Läiskähtää aikansa, kunnes rikkoo ihon. Läiskähtää, kunnes rikkoo lihaksen ja läiskähtää, kunnes rikkoo ruston ja luun. Sitten alkaa musiikin kaltainen rytmi. Aivopesumusiikki. Kristillinen mantra. Ensimmäistä äänikertaa edustaa jyskyttävä verenpaine Anna-Loviisan pään suonissa! Toista äänikertaa Anna-Loviisan sydän, joka hakkaa samaan tahtiin pään verisuonissa kulkevan paineen kanssa!! Kolmatta äänikertaa äidin tahtia lyövä laulava huuto: "Herran nuhteessa! Herran nuhteessa!! Herran nuhteessa!!! Kasvata lasta Herran nuhteessa!!!!"

Musiikkia se on. Aivopesumusiikkia. Rytmikästä mantraa. Metallista sointua. Hengellistä. Pekka-isä lyö. Säestää. Äiti laulaa mantraa.

***

Pekka-isä lyö, kunnes hiki valuu otsalta leualle ja tippuu siitä pois. Lyö, kunnes kuuluu huohotus ja lopulta kiilto sammuu silmistä. Lyö vielä kerran. Vetäisee joutuisasti vyön rullalle, solki kiepin keskelle. Niin nopeasti, että Anna-Loviisan sydämen hakkaava ääni ja veren kohina korvissa ei ehdi loppua. Anna-Loviisan käsivarressa tuntuu puristava kipu. Puristava kipu ja jumalisen miehen voima kääntävät lapsen pystyyn. Kääntävät Anna-Loviisan kasvotuksin Pekka-isän hikisten kasvojen kanssa.

- Pyydä anteeksi, Pekka-isä komentaa.

Sitten viiden sekunnin hiljaisuus.

- Pyydä anteeksi!!

Jälleen viiden sekunnin hiljaisuus.

Pekka-isä jyrähtää ja pyyhkii hikeä otsaltaan.
- Pyydä anteeksi!!!

- An-na an-teek-si, Anna-Loviisa vastaa uupuneena.

Pekka-isä latelee jo normilla monotonisella äänellä.
- Herran nuhteessa on lapset kasvatettava, ettei Pi-ru saa valtaa!! Kunnioita vanhempias, jotta kauan eläisit maan päällä!

Pekka-isä lampsii ulos tyydytettynä, rauhallisena. Äiti siirtyy keittiöön ja sulkeutuu puuhiinsa. Anna-Loviisa syöksyy kylpyhuoneeseen.

**

Anna-Loviisa jo tietää jo rytmin ja pelin säännöt. Hiljainen ääni on merkki nöyryydestä. Pekka-isän luja ääni taas merkki perheenpään vallasta, miehen voimasta ja jumalan voimasta. Se alkaa aina tyhjästä ja loppuu aina tyhjään. Anna-Loviisa ei vaan ymmärrä pelin merkitystä. Ei sitä, miksi satutetaan. Eikä sitä, miksi vaaditaan anteeksipyyntö kaiken vimmatun väkivallan jälkeen. Mutta hän tekee niin, alistuu. Se vain kuuluu pelin sääntöihin.

***

Isosta eteisestä ovi vie kylpyhuoneeseen. Kylpyhuoneessa on patteri. Patterin päällä metallilankakori. Metallilankakorissa pörröisiä villaisia turvallisia sukkia ja lapasia. Siinä ne kuivuvat käytön jälkeen ja ovat mukavan lämpöisiä pukea ylle ulos mennessä. Kylpyhuoneessa on myös kylpyamme, istuttava malli. Kylpyammeen reunalla pystyy istumaan, vaikka on alaselkä tohjona. Kun antaa takamuksen roikkua tyhjän päällä. Kylpyammeen yläpuolella, korkealla seinällä on ikkuna kokoa neljäkymmentä kertaa neljäkymmentä senttimetriä. Sisäänpäin aukeava ja aina sepposen selällään auki. Niin korkealla, ettei Anna-Loviisa sinne yllä. Siis liian korkealla pakotieksi. Ikkuna pysyy täysin Anna-Loviisan tavoittamattomissa.

***

Vaikka ikkuna on pieni, ääni mahtuu siitä ulos. Helposti. Ehkä ääni ei koskaan tavoita ketään. Vai tavoittaako? Ääni ei koskaan palaa takaisin kertomaan. Se saattaa jatkaa matkaansa ikuisesti löytääkseen jonkun, joka kuulee sen. Niin Anna-Loviisa uskoo.

***

Kylpyhuoneessa on lavuaari. Lavuaari ja hana. Anna-Loviisa ylettää hanaan ja aukaisee sen. Kun pesee kylmällä vedellä kasvot, sielu palaa ruumiiseen. Kun sielu palaa ruumiiseen, myös kipu palaa ruumiiseen. Kipu palaa Anna-Loviisan kehoon ja jää. Jää kehoon. Jää mieleen. Jää sieluun. Jää kymmeniksi vuosiksi kehoon, mieleen ja sieluun.

***

Lavuaarin vieressä on vessanpytty, valkoista posliinia. Siinä musta kovamuovinen paksu kansi. Kansi, joka mäiskähtää kajahtaen valkoista posliinireunaa vasten. Mäiskähtää kovempaa kuin ruskean vyön solki takamuksen ihoon. Kylpyhuoneessa wc-pyttyä vastapäätä on vessapaperirullan teline ja vessapaperirulla. Täysi rulla valkoista pehmeää vessapaperia. Aina valkoista ennen sen käyttöä. Siihen Anna-Loviisa ulottuu. Ulottuu jopa pytyllä istuessaan. Pytyllä on helppo istua. Helppo, koska kirveltävä takamus uppoaa reikään. Viuh! Valkoista pehmeää vessapaperia pehmeä suuri kasa lattialla. Rulla tyhjenee yhtä nopeasti kuin nahkavyökieppi aukeaa. Valkoinen pehmeä vessapaperikasa lattialla ei satuta. Ei riko. Valkoinen pehmeä vessapaperi on kyllin pehmeää painaa rikkinäistä ihoa ja rikkinäistä lihaskudosta vasten. Valkoinen ja lempeän pehmeä.

UL-KOKULLAT-TU

Isosta eteisestä on ovi keittiöön. Lasi-ikkunainen ovi. Keittiössä on suuri ikkuna ja sen alla leipomistaso. Leipomistason alla lattialla Mirrin ruoka- ja vesikippo. Myös ruskea puinen porrasjakkara mahtuu tason alle. Äiti on tarkka puhtaudesta ja Mirrin ruokapaikka on aina siisti. Keittiö on äidin valtakunta. Aina puhdas ja kiiltävä. Ulkokullatun kiiltävä. Kiiltävä kuin ulkokullattu äiti. Äiti hallinnoi keittiötä. Kantaa vastuun ruuanlaitosta ja leipomisesta. On hyvä siinä, niin hyvä, että ulkopuolisten ylistys muodostaa sädekehän äidin pään ylle. Keittiö kiiltää aina puhtauttaan, vaikka äiti työskentelee siellä jatkuvasti.

JOT-TA KAUAN E-LÄISIT

Riita on taas rajuna päällä. Anna-Loviisan pohkeissa värisee. Eteisessä on puhelin. Musta puhelin korkealla punaisen lipaston päällä. Jossain lähellä on punainen pyöreä tuoli. Kymmenvuotias isosisko siirtää punaisen tuolin punaisen lipaston viereen. Seinässä on paperilappu ja siinä numero. Avunpyyntönumero. Numero uskonyhteisön puheenjohtajalle, Tauno Vällikälle. Isosisko soittaa hädissään.

- Haloo! Onko Vällikkä? Minä täällä taas. Äiti ja isä riitelee liian kovasti. On hätä! Minä ja Anna-Loviisa pelätään, joku vielä kuolee. Tulkaa apuun!

Apu tulee vai tuleeko? Tulee aina mustapukuisia maallikkopuhujia... Vällikkä lupasi tulla saarnamiesten kanssa. He tulevat Anna-Loviisan kotiin. Mustapukuisten miesten kolonna.

***

Anna-Loviisa istuu kolme tuntia hievahtamatta vastapäätä kymmenpäistä uskonyhteisön johtokunnan mieslaumaa. Miehet ovat pukeutuneet mustiin pukuihin, valkoisiin kauluspaitoihin ja tummiin kravatteihin. Maallikkopuhujamiehiä. On yksi liperikaulainenkin kirkon pappi. Mustapukuiset miehet selvittävät äidin ja Pekka-isän riitoja. Miehet viipyvät tuntikausia. Kaikkien perheenjäsenten on oltava läsnä, koska kokoonnutaan jumalan nimeen. Jumala ratkoo riitoja.

***

Anna-Loviisaa väsyttää, ei jaksa enää. Hän haluaa pois. Pois kuulemasta Emäntähengestä ja Isäntähengestä.

Yksi maallikkopuhujista puhuu Anna-Loviisalle. - Sinun täytyis ymmärtää. Tämä on katsos tärkeä kokous. Tässä on kyse elämästä ja kuolemasta. Te olette pyytäneet apua jumalalta. Nyt Jumala on täällä. Sinun on istuttava hiljaa ja kuunneltava jumalan ääntä. Toinen maallikkopuhuja kohdistaa sanansa molemmille lapsille:

- Ymmärrättekös te lapset, te ette elä kauaa, jos ette kunnioita vanhempianne. Raamattu sanoo niin. Teidän täytyis ymmärtää. Meidän kaikkien on toteltava raamattua. Ja lasten on oltava kuuliaisia vanhemmilleen. Se on jumalan tahto.

Anna-Loviisa, viisivuotias, kokoaa itsensä ja istuu hievahtamatta lisää kolme tuntia. Hän miettii: "Missä muualla voisi elää kuin maan päällä?"

Mirri tulee ja hyppää Anna-Loviisan syliin. Se puskee päätänsä Anna-Loviisan poskiin, käpertyy syliin ja nukahtaa. Anna-Loviisa silittää hiljaa Mirrin turkkia. Mirri on niin turvallinen.

Vihdoin äiti ja Pekka-isä saarnaavat anteeksi toisilleen. Lapset ovat oppineet tavoille. He tietävät, mitä seuraavaksi tuleman pitää. Tätä toistuu usein, useita kertoja vuodessa. Anna-Loviisalla on jo elettyjä vuosia viisi ja isosiskolla kymmenen.

Lapset odottavat hiljaa. Liperikauluksinen katsoo lapsia ja selittää.

- Äiti ja isä ovat aina oikeassa ja tekevät aina oikein. Teidän täytys olla kilttejä, totella ja kunnioittaa. Sitten ei äiti ja isäkään riitele keskenään. Teidän täytys ymmärtää, näistä kokouksista ei puhuta vieraille. Ei mihinkään. Muutoin joutuu helevettiin. Muistakaas kunnioittaa vanhempianne ja olla kertomatta ulkopuolisille. Muistakaas olla hiljaa. Näin jumalan rakkaus säilyy.

Anna-Loviisa ja isosisko nyökyttävät päätään sovinnollisesti. He tietävät, he-levetissä on kova kuumuus, kovempi kuin pätsissä. Ja pätsi on kuumempi kuin mummon leivinuuni. Hirmuisen kuuma. Punaisena hehkuvat kekäleet sinkoilevat sinne tänne.

***

Saarnamiehet lähtevät. Painavat ulko-oven kiinni. Loittonevan auton ääni soratiellä hiljenee. Pekka-isä on hirveän vihainen. Äitikin on vihainen.

- Housut alas!

Kuluu viisi äänetöntä sekuntia eikä mitään tapahdu.

- Housut alas!!

Kuluu jälleen viisi äänetöntä sekuntia eikä mitään tapahdu.

- Housut alas!!

Aina, joka ikinen kerta, viiden sekunnin hiljaisuus huutojen välillä. Toinen huuto on ensimmäistä huutoa kovempi. Kolmas huuto voimakkain. Äänen voimakkuus kasvaa aina, ensimmäisestä huudosta viimeiseen. Viimeinen huuto tä-ri-syt-tää korvien tärykalvoja, se tekee kipeää. Ja tässä kohden Pekka-isän pää jo punoittaa, joka ikinen kerta.

***

Pieni viisivuotiaan pää miettii, onko pahempi asia joutua helevettiin kuin kuunnella riitoja, pelätä ja ottaa iskuja vastaan? Onko helevetissä suurempi vai pienempi kipu? Suurempi vai pienempi pelko? Anna-Loviisa ei löydä vastausta. Liperikauluksisen ääni on porautunut pään sisään. Se kaikuu siellä vielä koko yön läpi unenkin. Teidän täytys ymmärtää lapset, ei tule riitaa, jos te kunnioitatte vanhempianne. Teidän tulee kunnioittaa vanhempianne, jotta kauan eläisitte maan päällä...

EM-MA

On olemassa vielä yksi ovi isosta eteisestä. Siitä pääsee olohuoneeseen. Olohuoneessa on vihreä plyyssisohva. Levitettävä. Aikuisten levitettävä sänky. Sohvasänky. Enemmän sohva kuin sänky päivisin. Ja öisin enemmän sänky kuin sohva.

***

Anna-Loviisa istuu olohuoneen sohvalla ja piirtää. Iltapäivän hämärä alkaa hiipiä huoneeseen. Niin lyhyeltä tuntuu päivä lokakuussa. Ovikello soi ja äiti kiiruhtaa avaamaan. Ovella seisoo äidin ikäinen nainen. Äiti pyytää naisen sisälle. Nainen tulee, istuu vihreälle plyyssisohvalle Anna-Loviisan viereen.

- Kuule Anna-Loviisa. Toin sinulle enkelin. Enkelikiiltokuvan!

Anna-Loviisa nyökkää ja väläyttää varovaisen nopean hymyn. Nainen on tuttu seuroista. Kahden lapsen äiti, turvallisen oloinen. Rauhallinenkin. Hymyilevä. Näin Anna-Loviisa mietiskelee istuessaan siinä naisen vieressä. Hetken mietittyään Anna-Loviisa muistaa naisen nimen, Emmahan se on. Anna-Loviisasta tuntuu kuin nainen olisi tullut yhtäkkiä tutummaksi, nimen muistuessa mieleen. Tutummaksi ja vieläkin turvallisemmaksi. Emman mies on sellainen nauravainen, lyhyehkö ja vähän pullea.

Äiti keittää kahvit. Emma alkaa jutella äidille.

- Tyttäresi on saman ikäinen kuin minun lapseni. Voisin hakea joskus Anna-Loviisan meille leikkimään lasteni kanssa. Olisiko se mahdollista? Lapset varmasti ystävystyisivät. Mitäs sanot, eikös olisi mukava, kun Anna-Loviisallakin olisi kavereita?

Anna-Loviisan kasvoille hiipii mietteliäs katse, otsalla pari ryppyä ja rinnassa tuntuu pieni toivon värähdys. Äiti hymähtää.

- Joutaahan tuo, otatko heti mukaasi? Minulla olisikin vähän tässä touhua, niin ei tarvitsisi katsoa tytön perään.

Emma vähän säpsähtää. Yllättyikö äidin myöntyväisyydestä vai säpsähtikö äidin kovuudesta, välinpitämättömyydestä.

- Puehan vaatteet päällesi Anna-Loviisa, sanoo äiti ääni helpotuksen sävyssä. Emma vie sinut leikkimään tyttöjensä kanssa.

PIE SIE-LUS TURVAS

Mummo levittää käsivartensa Anna-Loviisan syöksyessä syliin. Mummon turvalliset kädet Anna-Loviisan ympärillä. Mummo tuoksuu karjalanpiirakalta ja riisipuurolta ja tur-val-li-sel-ta!

- Anna-Lovviisa! Sie et oo piru, vaik isäs ja äitis nii sannoo. Saamelaisii sanotaa piruiks. Sie oot jo nii kaukana miust ja miun äidist. Sie oot vähä tuline ja sielustas vahva. Gienejähän siussa on. Sitä tulta ne vanhoilliset sannoo pakanavereks. Ja kiännyttää. Elä sie kiänny heiän tiukkuutee. Pie sie tyttö sielus ja oma uskos. Ei sitä kukkaa voi riistee siult pois.

TUO-MO

Anna-Loviisa sujahtaa seurasalin takapenkkiin. Siinä on juuri ja juuri pienen tytön kokoinen kolo. Äiti pakotti Anna-Loviisan tilaisuuteen. Siellä on oltava koko seurakunnan. Sellainen on tapa. On kyse Tuomon sieluntilasta. Tuomo on Anna-Loviisalle läheinen. Toisella puolen Anna-Loviisaa istuu joku nainen ja toisella puolen vanhempi yksinäinen mies. Molemmat tuntemattomia Anna-Loviisalle. Äiti ja Pekka-isä istuvat edempänä. Anna-Loviisa pelkää jo valmiiksi. Hän inhoaa näitä hoitokokouksia. Siellä aina painostetaan joku seurakuntalaisista seurakunnan eteen ja kuulustellaan kovasanaisesti.

***

Seurakunnan edessä puhujanpöntössä seisoo puheenjohtaja Vällikkä, ryhdikkäänä kuin seipäänniellyt. Puhujanpöntöstä viistosti vasemmalle seisoo hätääntynyt Tuomo kuulusteltavana. Vällikkä tivaa Tuomolta hänen jumalattomista ystävistään ja huomauttaa Tuomon hiuksista liian pitkinä jumalan lapselle. Tuomolla on valkoiset hiukset, jotka just just korvan alta kihartuu kauniisti kaarelle. Vällikkä puhuu kovalla äänellä.

- Annetaanko anteeksi? Antaako seurakunta anteeksi tällaiselle?

Ei Vällikkä tarvitsisi mikrofonia, ääni kyllä kuuluisi seurakansan yli muutenkin. Pelko tiivistyy näkymättömäksi seinäksi. Anna-Loviisan on vaikea hengittää. Itkettää. Seurakunta on hiljaa. Seurakuntakin pelkää ja on hiljaa. Vällikkä jatkaa.

- Annetaanko anteeksi? Antaako seurakunta anteeksi tällaiselle, joka ei osaa oikeilla sanoilla pyytää anteeksi?

Seurakunta on hiljaa. Seurakunta on hiljaa ja pelkää. Vällikkä koventaa ääntään.

- Annetaanko anteeksi? Kysyn viimeisen kerran seurakunnalta, annetaanko anteeksi?

Seurasaliin laskeutuu hiljaisuus. Hiiskumaton hiljaisuus. Anna-Loviisa pelkää. Hän pelkää itsensä ja Tuomon puolesta. Vällikkä puhuu nyt kovalla äänellä:

- Seurakunta ei anna anteeksi. Jumala ei anna anteeksi. Olet tehnyt pyhän hengen pilkan Tuomo. Sinulle ei taivaan portti aukene.

Tuomo kutistuu pienemmäksi kuin oikeasti on. Vapisten hän kävelee seurakunnan edestä seurakunnan taakse. Sieltä Anna-Loviisan takaa kohti seurasalin pääovia. Anna-Loviisa kääntyy, työntää kätensä penkin selkänojan alta ja hipaisee Tuomon kättä. Se on kylmän kostea ja vapisee. Tuomo katsoo Anna-Loviisaan vakavin silmin ja jatkaa matkaansa, poistuu seurasalin lasiovesta ulos. Vällikän ääni kuuluu yhä.

- Näin kävellään jumalan valtakunnasta ulos omin jaloin! Jumala ei anna pyhän hengen pilkkaa anteeksi.

Anna-Loviisa käpertyy itseensä ja itkee. Hän haluaa turvalliseen syliin. Kukaan ei lohduta itkevää Anna-Loviisaa. Kukaan ei ota syliin. Aikuiset istuvat ilmeettöminä ja liikahtamatta hänen vieressään. Edessä olevalla penkillä istuu perhe, jonka lapset ottavat toisiaan kädestä kiinni. Anna-Loviisa on niin yksin.

***

Seurasalissa on lapsia, suuria perheitä, isiä, äitejä, vanhuksia, kaikenikäisiä. Anna-Loviisan läheinen Tuomo juuri käveli ulos jumalan valtakunnasta. Anna-Loviisa muistaa saarnoista, jumalan valtakunnan ulkopuolella on paha. Siellä sielunvihollinen on irti. Siellä on kuolema ja he-le-vetti. Siellä on ikuinen tuli ja kekäleet. Anna-Loviisaa pelottaa, onko hänkin tehnyt pyhän hengen pilkan, kun hiuksetkin ylettää olkapäille saakka. Ajaako Vällikkä hänetkin he-le-vettiin, tuliseen pätsiin. Kuumempaan kuin mummon leivinuuni.

***

Hoitokokouksen jälkeen saarnaa Vällikkä. Hän saarnaa omaan kiihkeään tapaansa. "Seurakunnasta löytyy aina kaikkinainen apu. Ulkopuolista apua ei tarvita. Sisäisiä tapahtumia ja asioita ei ole sopivaa puhua ulos. Me olemme jumalan valtakunta, ainoa jumalan valtakunta maan päällä, ja jumalan valtakunta on ulkopuolisten silmissä kuin hakomaja yrttitarhassa. Mutta vain me tiedämme, mikä on paratiisi. Se on alas laskettu taivas. Se on tämä meidän maallinen jumalan valtakunta. Sitä ei sovi mustata. Jos sisäiset asiat leviää ulos, ne rinnastetaan pyhän hengen pilkkaan. Pyhän hengen pilkan tehnyt joutuu suoraan helevettiin. Katumusmahdollisuutta ei jumalamme anna. Taivasportti ei aukene. On tulta ja tulikiveä. Ja aika on ikuista. Jos teillä on epäilyksiä, ne kaikki saa uskoa jeesuksen nimeen anteeksi. Kannattaa uskoa. Varokaa pyhän hengen pilkkaa. Sitä ei saa koskaan anteeksi. Jumalan valtakunnan ulkopuolella on paha. Kaikki hyvä on vain sisällä jumalan valtakunnassa. Siis tässä jumalan valtakunnassa. Jumalan valtakuntia on vain yksi. Yksi herran huone, yksi usko, yksi seurakunta, yksi jumala. Vain me pelastumme. Vain meillä on evankeliumi. Meillä on taivaan valtakunnan avaimet. Tässä on jumalan valtakunta. Kannattaa pysyä sovinnossa jumalan kanssa ja jumalan ihmisten. Ettei käy niin kuin entiselle veljellemme, joka pyhän hengen pilkan teki ja vaihtoi jumalan valtakunnan ikuiseen helevettiin."

***

Anna-Loviisa nukkuu. Vai nukkuuko? Hänellä on peitto, paksu turvallinen painava peitto. Ei tule uni. Anna-Loviisaa pelottaa. Hänellä on onneksi peitto, paksu ja raskas ja turvallinen. Peiton alla on kuuma. Anna-Loviisalle on hiki, pelko estää heittämästä peittoa sivuun. Sitten tulee vapina, pelon vapina. Anna-Loviisa tarraa peitosta kiinni. Anna-Loviisan huulien välistä puristuu parahdus. Hän ajattelee Tuomo-raukkaa. Anna-Loviisa itkee tyynyynsä. Mirri hiipii hiljaa Anna-Loviisan jalkoihin, käpertyy siihen peiton päälle nukkumaan. Anna-Loviisa tuntee Mirrin lämpimän kyljen jalkaansa vasten. Se tuntuu hyvältä, turvalliselta, lohdulliselta.

***

Seurat. Tauno Välllikän veli Voitto Välllikkä on saarnavuorossa. "Olemme kokoontuneet jumalan nimissä yhdessä kaikki tänne. Missä kaksi ja kolme kokoontuu, siellä jumala on läsnä. Seurakunnan läsnäollessa ilmoitan, ilmoitusluontoisen asian, seuraavat henkilöt eivät enää kuulu tähän seurakuntaan. Tuomo Mattila ja Anna Masurkka. He ovat jumalan valtakunnasta pois poikenneet, jumalattomien kanssa kaveeranneet, toisen seurakunnan tilaisuuksissa istuneet. He ovat käyttäytymisellään ja täältä poissaolollaan osoittaneet kulkeneensa jumalan valtakunnasta ulos. Jätämme tervehtimättä heitä jumalan lapsen tervehdyksellä. Osoitamme, etteivät he kuulu joukkoomme. Ja näin turvaamme oman uskomme."

OI-KEA JUMALA

Vanha maallikkopuhujasetä. Valoisa, onnellinen ja lempeän turvallinen. Maallikkopuhujasetä sanoo Anna-Loviisalle: "Muista minun sanoneen. Muista, kun olet aikuinen. Ei tämän yhteisön jumala ole ainoa jumala. Etsi oma jumalasi. Ei tämä usko pelasta sinua. Täällä on paha sisällä. Etsi oikea jumala, rakastava jumala. Etsi sisältäsi ja kaikkialta. Sinä löydät sen. Sinä olet urhea ja sinusta kasvaa rohkea nainen."

Anna-Loviisa katsoo maallikkopuhujan kirkkaisiin sinisiin silmiin. Aivan kuin niistä vierähtäisi kyyneleet. Anna-Loviisa ojentaa kätensä ja mies kumartuu. Anna-Loviisa pyyhkii kyyneleet pois miehen poskilta. Anna-Loviisa tuntee turvan.

I-SÄ

Tuoksu. Voimakkaan miehen tuoksu. Voimakkaan turvallisen miehen tuoksu ja iso turvallinen syli. Jostain kaukaa. Vuosikymmenten takaa tulvahtaa tuttu tuoksu. Muisto. Anna-Loviisalla on ollut olemassa joskus isä. Turvallinen isä. Turvallinen biologinen isä, vaikkakin perheen ulkopuolella.

ÄÄNI IKKUNAN TAKAA

Ääni ei tavoita koskaan ketään. Vai tavoittaako sittenkin? Eihän ääni koskaan palaa takaisin. Ainakin se mahtuu ikkunasta ulos. Helposti ikkunasta, joka on neljäkymmentä kertaa neljäkymmentä senttimetriä ja auki. Ääni saattaa jatkaa matkaansa ikuisesti löytääkseen jonkun, joka kuulee sitä.

NAISEN ARVO

On kaunis syyspäivä. Äiti roikkuu heiluvilla tikkailla repimässä talon seinästä komeaa villiviiniä alas. Iso kasa kauniin punaisia villiviinin köynnöksiä on revittynä maassa. Kasa kasvaa korkeutta, äiti heittelee siihen repimiään köynnöksen riekaleita.

- Miksi ihmeessä teet noin äiti, sehän on mahdottoman kaunis?

Äiti on kuin vihasta puhkuva punanaamainen hirviö.

- Vai kaunis. Synti se on niin kuin silkkinen talvitakkikin. Viiniköynnös on synti! Etkös jo oppinut, puhujathan sunnuntaina opettivat!

- Mutta sehän on kasvi, eihän se syntiä tee.

Äiti hermostuu ja huutaa!

- Kuule sinä, älä syntiä tee, usko jumalaas ja tottele. Mene matkoihis ja muista pukeutua isona koko ikäs harmaaseen ja huomaamattomaan. Vain koska olet vähävarainen ja nainen. Muista myös, villiviinitkin ovat tästä lähtien syntiä! Niinhän se Voitto Vällikkä julisti niin jumalallisesti.

***

Harvoin äiti moittii saarnamiehiä, hyvin harvoin. Villiviiniä repiessään äiti on vimmattua vihaa täynnä ja pudottelee vihan täyttämiä sanoja Anna-Loviisalle. Harvoin Anna-Loviisallakaan on myötätuntoa äitiä kohtaan. Nyt on. Tai ehkei se ole myötätuntoa, lähinnä sääliä ja ihmetystä. Anna-Loviisa on nähnyt, kuinka äiti rakkaudella hoitaa mummolan puutarhaa, sen kaikkia kasveja ja kukkia. Äiti rakastaa syksyä, sen värikylläisyyttä ja villiviinin runsaan täyteläistä punaviolettia hehkua. On aina rakastanut.

***

Anna-Loviisa vetäytyy rinteeseen istumaan ja painaa selkänsä suurta pihlajan runkoa vasten. Pää kuhisee kysymyksiä, joihin ei ole vastauksia. Anna-Loviisa on pohdiskelija. Hän pohtii millainen hän olisi aikuisena, harmaaseen pukeutuneena. Huomaamatonkin pitäisi olla. Ei kissanviikset sentään. Anna-Loviisasta ei ole siihen huomaamattoman hiljaisen naisen osaan, jolla ei ole mielipiteitä eikä oikeutta olla tunteva ja älyään käyttävä nainen. Anna-Loviisa miettii mielessään äidin ystäviä. Maija, Liisa ja Irma pukeutuvat aina kauniisti. He eivät ole huomaamattomia. Varsinkaan Irma. Nämä naiset ovat Anna-Loviisan mittapuun mukaan tosi rikkaita. Maija ja Liisa ovat opettajia. Irma on sairaanhoitaja ja hänen seinällään saa villiviini kasvaa. Heillä on hienosti pukeutuvat miehet ja kalliin näköiset kiiltävät autot. Ja naisilla korkokengät, kiiltävää mustaa tekonahkaa. Sitten on Anna. Anna on köyhä, asuu harjun päällä slummissa. Niin äiti ja muut niitä kovalevytaloja nimittävät. Sinne mennään bussilla numero 13, kävellään päätepysäkiltä harjun perälle. Annalle mennessä äiti pitää tiukasti aina käsilaukustaan kiinni ja puhuu kävellessään Anna-Loviisalle: "Anna-Loviisa, älä katsele sivuille. Mennään suoraan vain Annalle." Anna-Loviisa vaistoaa silloin äidin pelon. Tie muuttuu sitten poluksi ja polun päässä näkyy rykelmä purku-uhan alla olevia taloja. Siellä asuu puliukkoja ja puliakkoja. Anna asuu yhden talon alakerrassa, vaikkei puliakka olekaan. Annalla on yksi huone ja ulkona yhteishuussi. Siinä huoneessa on kaksilevyinen hella nurkassa. Äiti vie Annalle kerran viikossa ruokaa. Anna on harmaaseen pukeutunut, mutta huomaamaton Anna ei ole. Puhelias, iloinen, reipas ja rempseä. Anna hoitaa yhden rikkaan perheen lapsia. Anna-Loviisa ihailee Annaa. Annalle kaikki ihmiset ovat ihmisiä, samanarvoisia, oli sitten puliakka, puliukko tai kuka vaan. Annaa ei komennella, ei alisteta eikä osoiteta sormella. Jos joku niin tekee, Anna paukauttaa kovalla äänellä: "kyllä naisellakin on arvo tässä seurakunnassa." Anna puolustaa aina hyvin voimakkaasti naisen ihmisarvoa. Siksi Anna on Anna-Loviisan idoli. Rohkea tasavertaisuuden ja itsemääräämisoikeuden puolustaja. Vaikka pukeutuukin harmaaseen.

VÄI-NÖ

Väinö tulee mustalla taksilla, likaisena ja räkäisenä. Äiti taluttaa humalaisen Väinön saunaan. Riisuu ja pesee karkealla harjalla ja mäntysuovalla. Väinön selkä punoittaa. Äiti antaa varaston hyllyltä puhtaat vaihtovaatteet ja komentaa Väinöä: "Meillä ei sisällä saa syleksiä lattialle eikä tupakoida." Väinö nyökkää. Lopuksi äiti tyrkkää Väinön likaiset vaatteet pyykkikoneeseen. Väinö on taas tullut sukulaiskiertueelle. Ensimmäinen etappi tällä kertaa on Anna-Loviisan koti.

***

Anna-Loviisa on jo nukkumassa, mutta uni ei tule. Oven takaa kuuluu kovaäänistä keskustelua. Räkäistä naurua. Härskiä puhetta. Anna-Loviisaa pelottaa. Pelottaa aina, kun äidin pikkuserkku-Väinö on kylässä. Anna-Loviisa tärisee pelosta ja sitten tulee vessahätä.

***

Teinitytön rinnat ovat pystyt ja ne törröttävät ohuen yöpaidan lävitse. Teinitytön jalat ovat nopeat, mutta eivät aina kyllin nopeat.

***

On neljä kiiluvaa silmää. Kaksi niistä isän. Pekka-isän, joka istuu vihreällä plyyssisohvalla. Toiset kaksi kiiluvaa silmää ovat Väinön. Väinö kaappaa ohi kulkevan vikkelän Anna-Loviisan hajareisin polvelleen. Kaksi kiiluvaa silmää ja huohottava hengitys Anna-Loviisan selän takana. Miehen tupakankeltaiset likaiset sormet hiplaavat Anna-Loviisan häpyhuulia yöpaidan helman alla. Saman huohottavan kiiluvasilmäisen miehen toisen käden likaiset sormet räpeltävät toista pystypäistä rintaa yöpaidan kankaan päältä. Kaksi kiiluvaa silmää takana, kaksi kiiluvaa silmää edessä ja vieressä naurava äiti. Anna-Loviisan adrenaliinitaso kohoaa voimakkaasti. Jalat ovat nopeat ja vahvat silloin, kun adrenaliinitaso nousee kyllin korkealle.

***

Olohuoneesta menee ovi makuuhuoneeseen. Se on Anna-Loviisan huone. Makuuhuoneessa on ikkuna. Iso ikkuna - Iso ja raskas seinän levyinen ikkuna. Se aukeaa alhaalta työntäen ulospäin. Sisäpuolella huonetta on valkoinen ikkunalauta. Ikilevyä. Liukas ja juuri Anna-Loviisan kyljen syvyinen ja pituudeltaan pidempi kuin Anna-Loviisa. Tarvitaan voimaa, pelonsekaista voimaa, adrenaliinin täyttämää voimaa, jotta ikkunan saa työnnettyä auki.

***

Ajatus iskee Anna-Loviisan tajuntaan kuin salama. Nopeasti ja kirkkaana. Anna-Loviisa tajuaa muotojensa muuttuneen, naiseuden alun näkyvän. Samalla sekunnilla Anna-Loviisa haistaa vaaran, miesten naisennälän hajun. Adrenaliinitaso on noussut kyllin korkealle. Anna-Loviisan jalat ovat vahvat ja nopeat. Hän riuhtaisee itsensä irti ja juoksee olohuoneesta makuuhuoneeseen. Hän syöksyy ikkunalaudalle kirjoituspöydän ylitse, mätkähtää kyljelleen märkään syksyiseen maahan ja pakenee naapuritalon seinänviertä nurkan taakse piiloon paljasjaloin.

***

Anna-Loviisa tekee sen. Pakenee. Yö on kylmä, mutta pako kannattaa. Kukaan ei tunkeudu hänen sisälleen. Kukaan ei revi häntä kappaleiksi.

***

Anna-Loviisa on kauhuissaan. Äiti oli nauranut. Äiti ei suojellut häntä. Äiti ei auttanut, nauroi vain miesten naisennälälle.

***

Palelevat jalat ja paleleva teini. Anna-Loviisa. Ohuessa sireeninkukka-yöpaidassa syyskylmällä yöllä. Selkä naapurin tiiliseinää vasten. Polvet tiukasti koukussa. Kylmän tärinä, siniset huulet, paljaat jalat ja kostea maa. Tulitikkutyttökö ilman tulitikkuja? Ei, vaan pelokas teini, sielusta haavoitettu Anna-Loviisa. Rikottu. Pelko tärisyttää enemmän kuin kylmä ja kauhu vapisuttaa enemmän kuin syystuuli.

***

Jostain pimeästä tulee Mirri, kiipeää syliin, nuolaisee kyyneleen Anna-Loviisan kasvoilta. Mirri käpertyy kerälle ja kehrää. Anna-Loviisaa lohduttaa Mirri-kissan lämpö ja läsnäolo. Niin rakas ja turvallinen Mirri. Yö on kylmä ja pitkä.

***

Anna-Loviisa kävelee koulusta kotiin. Kotipihalla on musta taksi ja mustan taksin penkillä Väinö. Väinö osoittaa tupakankeltaisella sormellaan Anna-Loviisaa ja nauraa limaista käheää naurua. Nauraen sitten uhkaa: "Kuules tyttö, minä tulen uudelleen!"

***

Anna-Loviisa muistaa edellisen illan ja ulkona vietetyn kylmän yön. Pelko kouraisee syvältä, pysyy hallinnassa ja Anna-Loviisa kävelee itsevarmasti taksin ohi kodin ulko-ovelle. Hän aukaisee ulko-oven ja sulkee sen perässään. Ensin on pieni eteinen. Anna-Loviisa aukaisee välioven auki ja laittaa sen perässään kiinni. Kaikki toiminnot sujuvat robottimaisesti. Sitten on iso eteinen. Isossa eteisessä on punainen korkea lipasto. Musta puhelin punaisen korkean lipaston päällä.

***

Kuuluu loittonevan taksin ääni. Sitten kolahtaa ulko-ovi. Sen jälkeen paukahtaa väliovi. Pekka-isä lampsii eteiseen.

- Housut alas!

Tulee viiden sekunnin hiljaisuus.

- Housut alas!!

Jälleen viiden sekunnin hiljaisuus.

- Housut alas!!!

Viisi sekuntia aina huutojen välissä. Kymmenen sekuntia ensimmäisestä huudosta viimeiseen huutoon. Ja näytelmä jatkuu. Näytelmä jatkuu aina saman kaavan mukaan. Rytmi on aina sama. Paitsi äidin äänikertoimessa tällä kertaa uusi lisäys.

- Synti ja häpeä, kun pakenit. Pakenit pikkuserkkuani Väinöä, Pekka-isääsi ja minua. Pakenit ja olit koko yön poissa. Haluatko he-le-vet-tiin! On kunnioitettava vanhempiaan, jotta voisit elää kauan maan päällä. Herran nuhteessa pi-ru sinusta on nujerrettava pois! Kunnioittaminen on sitä, että lapsi on nöyrä ja alistuu siihen mitä vanhempi pyytää! Pi-ru si-nä o-let Anna-Loviisa!

***

Punaisen lipaston päällä on musta puhelin. Koskemattomana.

***

Anna-Loviisan jo säännölliset kuukautiset lakkaavat. Pysähtyvät kuin seinään seitsemäksi vuodeksi Väinön käynnin jälkeen.

VAM-MOJA

Anna-Loviisan maha ja selkä on kipeä. Olo ei helpota. Kouluterveydenhoitaja ohjaa Anna-Loviisan koululääkärille. Koululääkäri antaa lähetteen sairaalaan. Äiti on kireä, vie Anna-Loviisan sairaalaan tutkimuksiin. Sairaalassa otetaan verikokeita ja röntgenkuvia. Anna-Loviisa on arka ja hiljainen, ei uskalla kertoa kotioloista mitään. Äitikin oli hätääntynyt, varoitti puhumasta. Eikä lääkäri paljonkaan kysele. Varsinkaan, kun lääkäri sattuu kuulumaan samaan uskonyhteisöön. Lääkäri kutsuu Anna-Loviisan tutkimushuoneeseen ja puhuu verkkaisella äänellä: "Röntgenkuvasta näkyy, selkäsi on ruhjeilla. Lantiosi on murtunut ja rustottunut väärään asentoon. Rustottuma painaa hermoja. Voisi luulla sinun kokeneen lapsuuden väkivaltaa ja pahasti on käynyt. Olet kuitenkin uskovaisesta perheestä. Minun näkemykseni mukaan uskovaiset perheet ovat turvallisia. Siellä ei käytetä alkoholia. Normaalisti tekisin lastensuojeluilmoituksen. Olen miettinyt asiaa. Minä en tee lastensuojeluilmoitusta. Minä kirjoitan anamneesiin: synnynnäinen vaurio."

KÄT-KETTY NAI-SEUS

Muisto Emmasta antaa Anna-Loviisalle jonkinlaista kuvaa turvallisen perhemallin mahdollisuudesta. Silti Anna-Loviisa teininä ja nuorena, aikuisenakin on niin rikki, ettei voi kuvitellakaan luottavansa kehenkään poikaan tai mieheen uskaltaen rakastua. Ei ihastua, ei edes haaveilla poikakaverista, saati sitten perusperheestä.

***

Anna-Loviisa kätkee kehittyvän naiseutensa väljien t-paitojen sisään ja koteloi sen mielensä syvyyksiin kiellettynä asiana. Naiseuden kieltämistä tukee uskonyhteisön ajatusmalli hyväksytystä naiseudesta vain äidin roolissa ja elämästä miehen halujen alla. Ja äidiksi Anna-Loviisa ei halua. Ei missään tapauksessa. Sillä äidin malli näyttäytyy väsyneinä silminä, uupuneina naisen kehoina, monien lapsien ympäröimänä riittämättömyytenä. Ja valtavan ristiriidan sävyttämänä. Puhujat saarnaavat ylistävästi äideistä, jotka jaksavat synnyttää ja synnyttää ja täyttää jumalan valtakuntaa sisältä päin. Anna-Loviisa ei voi ymmärtää, eivätkö puhujat näe äitien taakkaa ja uupumusta. Saarnaavat valhetta kuin Anderssenin sadussa Keisarin uudet vaatteet.

IT-SEMÄÄ-RÄÄMIS-OIKEUS

Anna-Loviisa rakastaa mummoaan. Mummo on niin turvallinen. Mummo asuu liian kaukana, niin Anna-Loviisasta tuntuu.

- Anna-Lovviisa. Kasva sie vahvaks naiseks. Ihelliseks. Miäreet ihtes ja elämäs ihe, sanoo mummo.

Mummo rakastaa Anna-Loviisaa. Kannustaa aina itselliseen elämään. Anna-Loviisa asuu liian kaukana, niin mummosta tuntuu.

VAISTO EI KATOA

Hengissä säilymisen vaisto on vielä olemassa. Sitä ei Anna-Loviisasta ole nujerrettu pois. Se on sielun palttoon sisällä ja siihen ei kukaan pääse käsiksi.

KA-PINA

Samassa tilassa kaksi kiiluvaa silmää - kaksi himon täyttämää kiiluvaa Pekka-isän silmää. On vyö, miehen kädessä - kerällä oleva vyö. Pekka-isän kädessä. Jumalisen miehen kädessä. Viuh ja vyö on auki. Pekka-isän käsi teini-ikäisen Anna-Loviisan niskassa. Jumalisen miehen käsi ja huohottava hengitys. Anna-Loviisa haistaa taas hajun. Se inhottaa. Naisennälän haju. Inho kasvaa hetkessä vihaksi ja viha antaa voimaa. Anna-Loviisa riuhtaisee itsensä vapaaksi. Hänellä on jo nopeat jalat. Anna-Loviisa väistää. Nopeat jalat ja voima riittävät pelastautumiseen. Hänellä on myös vahva ääni. Vahva ja peloton ääni. "Sinä et lyö minua! Isät eivät satuta! Sinä et voi siis olla isäni, koska satutat! Irti minusta!"

Anna-Loviisan ääni on raivokas ja vahvempi kuin äidin tärisevä ääni. On kahdet silmät, äidin pelokkaat silmät ja Anna-Loviisan vihasta leiskuvat silmät. Lapsen pelottavan leiskuvat silmät ja äidin pelokkaat silmät vastakkain. "Etkä sinä yllytä. Minua ei lyödä! Äidit suojelevat lapsia! Sinä et siis voi olla äitini, koska yllytät!" Anna-Loviisa huutaa vihasta puhkuen.

***

Anna-Loviisa näkee silmäkulmastaan Pekka-isän käden heilahtavan. Anna-Loviisan väistöliike on salamannopea. Mäiskäys! Jokin pehmeä harmaa lentää seinään. Purskahtaa punaista verta ja mytty putoaa lattialle. Eteisen seinä ei ole enää valkoinen. Eteisen seinä on verestä punainen. Pirskottavan punainen.

***

Pekka-isä katsoo verilammikkoa lattialla. Sitten hän katsoo veristä seinää. Sen jälkeen vielä äitiä. Äiti kääntää selkänsä ja kävelee keittiöön, sulkee oven perässään. Pekka-isä pyyhkäisee ruutuiseen hihaansa hiestä kosteat hiukset otsaltaan, kääntyy hänkin ja poistuu äänettömänä eteisen ovesta ulos.

***

Anna-Loviisa näkee äidin keittiön oven lasi-ikkunan läpi. Äiti istuu kasvot harmaana keittiön pöydän ääressä kuin haamu. Kuin kuollut haamu. Kuin istualleen kuollut haamu. Anna-Loviisa ravistelee päätään. Jotain muuttui. Pelin henki muuttui. Anna-Loviisa voitti. Vai voittiko?

***

Anna-Loviisa kertaa mielessään. Kissani tai minä. Minä elän. Rakas kissani ei.

***

Anna-Loviisa lähestyy rauhallisesti kuollutta kissaansa, nostaa sen syliinsä, lysähtää lattialle. Silittää sen veren tahrimaa harmaata turkkia. Anna-Loviisa itkee. Itkee suuria äänettömiä kyyneleitä. Anna-Loviisa on vahva. Vahva ja peloton. Hän puolustautui. Hän ei kuollut. Vai kuoliko? Anna-Loviisalla on sylissään kissan kuoret, lämpimät. Lämpimät kuolleen kissan kuoret. Anna-Loviisan läheisin elävä olento heitettiin seinään. Lapsen läheisin elävä olento ja henkinen turva heitettiin seinään ja tapettiin. Anna-Loviisa on yksin, niin yksin. Niin yksin suuressa turvattomassa maailmassa. Niin yksin isossa eteisessä, jossa on verestä punainen seinä. Anna-Loviisan sieluun sattuu.

***

Suru puristaa. Anna-Loviisa kaipaa kissaansa. Kylpyhuoneessa on patteri. Patterin päällä metallilankakori. Metallilankakori on pullollaan lapasia ja sukkia. Pörröisiä villaisia turvallisia sukkia. Pörröinen villainen sukka, patterinlämpöinen. Se on niin turvallinen poskea vasten painaa. Ei ole enää rakasta kissaa, joka ennen käpertyi kehräten syliin ja lohdutti. Tai hiipi yöllä turvaksi selän taakse sänkyyn. Tai nuolaisi kyyneleet poskilta. Tai syöksyi Pekka-isän jalkoihin sekoittaen lyömisen pasmat. On vain patterin lämmittämä harmaa pörröisen pehmeä villasukka. Oman kissanpehmoinen. Lampaanvillasukka. Rakkaudella tehty. Etäällä asuvan mummon kutoma. Mummon tuoksuinen. Anna-Loviisalla on mummoakin niin ikävä, niin hirveän ikävä.

***

Vihan voima on suuri. Viha nostaa terveen kapinan. Viha vihaa vastaan. Anna-Loviisan viha voitti. Anna-Loviisa kasvoi henkisesti vahvemmaksi kuin äiti ja Pekka-isä. Anna-Loviisa kykeni kantamaan vastuun itsestään. Anna-Loviisaan ei enää kajottu.

PUH-DISTUS

Anna-Loviisa vetää peittoa korville ja yrittää saada unta. Pitkälle venyneen illan tapahtumat nostavat vieläkin pelon pintaan kylmänä hikenä. Hoitokokous kesti aamutunneille saakka. Näitä kokouksia on ollut tiheään ja kaikille seurakuntalaisille, kokonaisille perheillekin on tiukka vaatimus osallistua. Tarkoitus on puhdistaa väärää oppia pois, jotta jumalan sana voisi vapaasti palvella seurakuntalaisia. Anna-Loviisasta nämä ovat pelottavia kokouksia. Aiemmin on vaadittu tilille perheen isiä ja äitejä, sitten on ollut vuorossa nuoriso. Anna-Loviisa on kesällä käynyt rippikoulun ja häntäkin on kovisteltu.

***

Illan tapahtumat pyörivät päässä pitkälle yöhön. Seurasalissa oli tiivis tunnelma henkisesti ja fyysisesti. Hengellisestikin. Satoja seurakuntalaisia oli koolla. Puhujanpönttö seisoi ryhdikkäänä seurasalin etuosassa korokkeella ja pöntön takana istui maallikkopuhujia. Neljä tai kuusi heitä oli. Ei Anna-Loviisa muistanut varmaksi montako. Saarnamiehet kehottivat seurakansaa parannukseen. Väärä henki piti puhdistaa pois. Saarnamiehet osoittivat sormella seurakuntalaisia ja kutsuivat nimeltä eteen. Pitkän illan aikana ehdittiin käsitellä monien seurakuntalaisten hengellinen tila. Monet vapisivat ja itkivät. Pelon tunnelma oli kuin hysteriaa, joka levisi penkkiriviltä toiselle. Seurakuntalaiset pyysivät väärää henkeä anteeksi. Saarnamiehet ja seurakunta sitten saarnasivat sen anteeksi.

Anna-Loviisa elää mielessään vielä illan tapahtumia uudelleen ja uudelleen. Seurasalissa oli lapsia, vanhuksia, äitejä, isiä, kaikenikäisiä. Tavallisesti siihen aikaan monet olisivat olleet nukkumassa. Anna-Loviisa pelkäsi pelon hysterian vyöryvän omaan penkkiinsä. Pikkuhiljaa se lähestyi ja penkki penkiltä yksi kerrallaan seurakuntalaiset kutsuttiin eteen. Kello oli jo paljon yli puolen yön siinä vaiheessa, kun Anna-Loviisan penkin päästä kutsuttiin seurakuntalaisia nuoria eteen selvittämään omaa hengellistä tilaansa. Saarnaajan sormi osoitti ja saarnaajan ääni kehotti parannukseen jokaista. Saarnaajan sormi löysi jokaisen omalla vuorollaan. Anna-Loviisankin. Tunnelma tuli tiiviimmäksi ja painostavaksi. Nuoriso alkoi yksi kerrallaan käydä edessä. Anna-Loviisasta tuntui kuin pelko olisi tiivistynyt ilmaan ja ihmiset sitten hengittivät pelkoa sisään ja ulos. Keuhkot täyttyivät pelolla tyhjentyäkseen taas uutta pelkoa odottaen. Saarnamiehen sormi osoitti Anna-Loviisaan. Anna-Loviisa hätkähti. Tämä oli väkivaltaa.

- Anna-Loviisa, sinä et vielä ole hoitanut omaatuntoasi kuntoon.

Anna-Loviisan vieressä istui hänen ystävänsä Kristiina. Kristiina pukkasi kyynärpäällään Anna-Loviisan kylkeen ja suihkasi hiljaa: "Pääset vähemmällä, kun menet." Ei Anna-Loviisa halunnut mennä. Saarnaajan sormi osoitti yhä ja ääni kehotti parannukseen. Ääni yltyi ja kehotti. Lopulta Anna-Loviisa nousi ylös ja rauhallisella äänellä siitä omalta paikaltaan kysyi.

- Saakos väärää henkeä anteeksi?

- Pitäisi tänne eteen, sanoi yksi saarnamiehistä.

Anna-Loviisa ei liikahtanut paikaltaan.

- Saakos väärää henkeä anteeksi?

Seurakunta kohahti ja saarnasi Anna-Loviisalle anteeksi. Anna-Loviisa istui ja sitten tuli vapina koko keholle. Määrätietoisesti hän kuiskasi Kristiinalle: "Minähän en mennyt eteen. En sanonut, että minussa olisi väärä henki. Saarnasivat, vaikka kysyin paikaltani. Saarnasivat vaikken vaikeroinut. Kuule Kristiina, minä en usko, että oikea jumala kiusaa ihmisiä näin. Tämä on silkkaa väkivaltaa, alistamista, pelottelua, uhkailua." Anna-Loviisa katsoi ystäväänsä. Kristiina puristi voitonriemuisen hetken ystävänsä Anna-Loviisan kättä. Ystävän käsi oli ymmärrystä täynnä.

SIE-LUN PALT-TOO ~ SIELUN SUO-JA

"Mie oon palttooni joutunt monest kiäntämää, jot henki on säilynt. Saamen kansanuskost ortodoksiks ja siit luterilaiseks ja viimeks niihi vanhoillissii. Mut kukkaa ei miun sieluun niä. Mie ihe vaa tiijän mitä siel näkkyy. Pie sieki Anna-Lovviisa omast sielustas huol. Elä myy sitä kellee."

E-LIISA

Eliisa kutsuu Anna-Loviisan kylään luokseen. Eliisa on jo yli seitsemänkymmenen. Vierailulla Eliisa kertoo Anna-Loviisalle.

- Kävimme isäsi kanssa Kiinassa. Neljäkymmentä vuotta sitten. Isäsi halusi tuoda tämän kotiin tuliaisiksi sinulle. Hankalaa se oli. Iso kiinalainen maljakko. Eihän se rahassa ollut arvokas, isäsi toi sen Kiinasta kotiin ja tiesi sinun pitävän siitä. Maljakko jäi meille, en hyväksynyt sinua silloin. Nyt ei ole enää isääsi. Hän kuoli, kun olit pieni. Nyt olet yli neljänkymmenen. Ota se maljakko muistoksi isästäsi. Hän rakasti sinua.

- Mihin isä kuoli?

- Isäsi kuoli mökillä. Kaatui. Se oli tapaturma. Sinä olit silloin pieni.

HE-LENA

Helena oli Anna-Loviisan ystävä. Helena sai nuorimmaisensa, kolmannen, ja pääsi kotiin synnytyslaitokselta. Sai vakavia jälkikomplikaatioita ja olisi tarvinnut sairaalahoitoa. Helenaa uhattiin, että lapsi ja hän saisi kuolla, koska hän ei pysty äitiyttä hoitamaan. Oma mies uhkasi. Helena oli kykenemätön puolustamaan itseään ja vauvaa. Onneksi ystävä meni vierailulle, näki tilanteen ja järjesti avun naapurin kanssa. Helena pelastui, henki oli hiuskarvan varassa. Helena halusi turvakotiin sairaalasta. Meni sinne kaikkien lastensa kanssa toipumaan ja turvaan. Kotisairaanhoito huolehti Helenasta sinne, kotona se ei olisi ollut mahdollista. Helena kertoi tästä myöhemmin Anna-Loviisalle. He kannustivat toisiaan isoihin ratkaisuihin turvatakseen elämänsä ja lastensa elämän.

VAA-RALLISTA

Vällikän kurkusta kuuluu rykäisy. Anna-Loviisan sisällä pyörähtää pelko. Hän kohtaa Vällikän katseen rauhassa. "Kuule Anna-Loviisa, kuulinko minä oikein, suosittelit psykologia jollekin perheenäidille tuossa seurojen väliajalla? Puhuit niin tietävästi, olet varmasti itsekin käynyt. Se on vaarallista. Menee usko. Parempi hulluna taivaaseen on päästä kuin terveenä hele-vetin tulia kokea. Seurakunnasta löytyy kaikkinainen apu. Ne psykologit neuvovat kaikenlaisiin ratkaisuihin. Ei niillä ole jumalaa. Ne neuvovat ottamaan avioeron. Ne ohjaavat jättämään uskon. Ne aivopesevät väsyneiden ihmisten aivoja. Psykologeissa asuu sielunvihollisen henki ja sillä hengellä ne neuvovat. Hae seurakunnasta apua, jos sitä tarvitset. Ja neuvo se muillekin. Seurakunnassa on aina ollut ja on ikuisesti kaikkinainen apu."

TOTUUDEN HETKI

Sairaalan haju pistelee terävästi, epämiellyttävästi. Anna-Loviisa on hyvästelemässä Pekka-isäänsä. Pienessä valkoisessa huoneessa sairaalan sängyssä tuskissaan oleva vanha mies. Pekka-isä tekee kuolemaa. Tuskansa keskeltä hän puuskuttaa: "Minulla on tietääkseni kaksi lasta. Tietääkseni. Eihän hekään välttämättä ole minun. Minähän tulin steriiliksi sen työpaikan myrkkypäästön vuoksi. Varmaksi minä tiedän ettet ole tyttäreni. Tunsin isäsi. Kasvatin sinut kuitenkin kuin omani, uskovaisen tradition mukaisesti. Uskovaisissa perheissä piti olla lapsia, mieluummin useampi. Niitä vain piti hankkia, jos ei tullut. Seuroissa saarnattiin, että seurakunnasta löytyy aina kaikkinainen apu. Nainen on taivaskelpoinen synnyttämiensä lasten kautta. Kaikki lapsethan ovat jumalan lapsia. Niiden syntymään ei sovi ihmisen puuttua. Lapset ovat aina herran lahja ja tuovat tullessaan leivän pöytään... Siksi minä sinutkin Anna-Loviisa hyväksyin. Vaikka olit äpärä."

HO-PEALUSIKAT

Eliisa keittää kahvit ja kattaa kauniisti pöydän. Hän kertoilee Anna-Loviisalle: "Olin huutokaupassa. Rakastan huutokauppoja. Huusin nämä kauniit hopealusikat. Siitä on jo kauan aikaa. Katsohan kaiverrettua vuosilukua lusikan takaa. Sinun syntymävuotesi. Se oli kyllä yllätys se vuosiluku. Se kuitenkin on muistuttanut minua aina sinusta. Halusin laittaa ne nytkin kahvipöytään. Minua on vaivannut Anna-Loviisa, näin vanhoina päivinäni. Aikoinaan nuorena vaimona en kyennyt ottamaan sinua kotiini. En kyennyt sinua silloin rakastamaan, kun olit pieni. Olisit tarvinnut rakastavan kodin ja mieheni oli sinun isäsi. Kyllä me sinusta silloin keskusteltiin. Mietittiin vaihtoehtoja. Äitisi perheeseen sitten jäit. Nyt vanhana olen ymmärtänyt vasta, sinäkin olit lahja ja olet yhä. On tuntunut hyvältä, kun olen tutustunut sinuun, vaikkakin näin myöhään. Olet minulle tärkeä ja rakas."

VIN-KU-IN-TI-AA-NI

Myöhemmin alkavat selkä- ja jalkatuskat. Anna-Loviisa uupuu väkivallan aiheuttamien hermovaurioiden tuskatilassa. Apua on tulossa. Ortopedi katsoo magneettikuvia, kertoilee verkkaisesti: "Sinulla on ollut pahoja halvaantumisoireita synnytyksen jälkeen. Kyllä, sekä röntgen- että magneettikuvissa näkyy lapsuudenaikainen murtuma lantiossa. Se on rustottunut ja painaa nyt hermoja. Pahaa jälkeä, pahoittelen suuresti. On kuitenkin suurempi riski leikata kuin antaa olla. Leikkauksessa liian isot riskit halvaantua. Kuntouttaa sitä voi pitämällä lihakset kunnossa ja joustavina. Myös rintarangan alueella on kaksi nikamaa vaurioituneita, jotka eivät ole normaalit. On tärkeää nyt huolehtia kaikkien lihasten joustavuudesta ja voimasta. Voisit välttää näin pyörätuolin. Ehdotan konservatiivista hoitoa. Voisit toteuttaa sen voimajoogan avulla, se voisi auttaa lihaksia ja niveliä. Antaisi joustavuutta ja lisäisi voimaa. Suosittelen lämpimästi. Etsi fysioterapeutti, joka osaa sinut ohjata voimajoogaan."

***

Burnout, kipu ja toivottomuus. Anna-Loviisa tekee itsenäisiä suunnan muutoksia elämässään. Elämisen halu on vahva. Eteenpäinmenemisen vimma kaiken rikkinäisyyden jälkeen ohjaa voimauttaviin ratkaisuihin. Kuusi kertaa voimajoogaa ja kivut ovat pois. Kymmenen kertaa voimajoogaa ja jalkoihin palaa tunto. Uupumus hellittää tuskan häipyessä ja yöunien muuttuessa normaaliksi. Anna-Loviisa jatkaa hiljaa yhteisöstä irtautumista. Kuulostelee itseään ja terveyttään ja elämäänsä. Tekee itsenäisiä ratkaisuja. Kaikki eivät sulata tätä.

***

Eräs seurakuntaan kuuluva mies kävelee kadulla Anna-Loviisaa vastaan ja huomauttaa kirpeästi.

- Olen kuullut, harrastat joogaa. Sehän on syntiä. Mikä vinkuintiaani sinä luulet olevasi, jos synti ei sinua kosketa.

- Vinkuintiaaniko? Minä olen Anna-Loviisa ja päätän omista asioistani itse.

Anna-Loviisa jatkaa pysähtymättä matkaansa ja hymyilee itsekseen. Hänen omanarvontuntonsa ja itsemääräämisoikeutensa on vahvistunut.

LAUK-KASEN JUS-SI

Anna-Loviisa poikkeaa ruokaostoksille. On arki ja kello on viisi, pahin ruuhka-aika. Ihmisiä on ahdistavan paljon. Anna-Loviisa antautuu kaupassa ruuhkan vietäväksi. Hän kulkee ihmismassan mukana ja kokoaa ostoskoriinsa, mitä hyllyjen ohi kulkiessaan huomaa tarvitsevansa. Ruokaosaston ruuhkassa ajautuu eteenpäin myös Anna-Loviisalle lapsuudesta tuttu maallikkopuhujamies, Laukkasen Jussi. Pitkänä miehenä hän on ihmisjoukkoa päätä pidempi ja näkee Anna-Loviisan jo kaukaa lihatiskin toiselta reunalta saakka. Laukkasen Jussi tarraa pylväästä kiinni ja antaa ihmisten mennä ohitseen. Hän jää odottamaan Anna-Loviisaa. Anna-Loviisa vähän säikähtää yllättävää tapaamista Laukkasen kanssa. Muutamassa sekunnissa Anna-Loviisa on mielikuvissaan vuosien takaisissa tilanteissa.

Äiti ja isä ovat riidelleet ja ilmapiiri muuttunut yhä uhkaavammaksi. Väkivalta leiskahtaa niin äkkiä. Siinä puhelimen yläpuolella on Vällikän numero, isosisko yltää puhelimeen ja soittaa apua. Sitten tulee apua, niitä maallikkopuhujia. Jotka istuttavat monta tuntia heitä lapsiakin ja keskustelevat äidin ja Pekka-isän kanssa. Ja aina lopuksi toruvat lapsia ja vaativat kunnioittamaan vanhempia. Saarnaavat synnit anteeksi. Laukkasen Jussi on yksi niistä maallikkopuhujista. Ja aina maallikkopuhujien lähdettyä Anna-Loviisa ja hänen isosiskonsa saa rajusti selkäänsä.

***

Laukkanen on jo vanha mies, mutta Anna-Loviisa tuntee ja nyökkää tervehdykseksi. Laukkasella on jotenkin epätoivoisen tuskainen ilme. Yhtäkkiä Laukkanen kapsahtaa Anna-Loviisan kaulaan itkien. Siinä he sitten ihmisruuhkan keskellä seisovat sylikkäin. Vanha mies itkee ja Anna-Loviisa on hämillään. Jotenkin ihmiset sitten antavat tilaa siinä pylvään juurella heidän seistä ja jutella. Laukkasella on hätä.

- Anna-Loviisa. Minä olen rukoillut, jotta vielä ennen kuolemaani näkisin sinut. Saisin sopia asiani. Tein silloin aikoinaan niin väärin. Olen jo vanha mies, yli yhdeksänkymmenen ja tämä asia on painanut minua yli kymmenenvuotta. Silloin minä sairastuin syöpään, menin huonoon kuntoon ja luulin kuolevani. Ei minulle annettu paljon elinaikaa. Siinä olin elämän ja kuoleman välisellä portilla ja mietin elämääni. Jotenkin siinä sitten muistui ne hoitokokousten ajat mieleen. Ei tuntunut hyvältä. Olin niihin aikoihin tukemassa Välliköitä ja muita kiivaita uskon veljiä puhdistusoperaatioissa. Sitten sairaalassa maatessani niitä menneisyyden kuvia tupsahteli mielen pohjalta näkyviin. Kadutti niin monet teot, joissa olin ollut osallisena alistamassa viattomia ihmisiä. Muistin sellaisenkin hetken, kun Tuomo Mattila ajettiin seurakunnasta pois. Seurasin silloin katseellani Tuomoa, kun hän käveli seurakunnan edestä seurakunnan taakse. Pysähtyi siellä viimeisen penkkirivin takana muutamaksi sekunniksi. Huomasin. Sinä istuit siellä. Olit pieni tyttö. Olit kääntynyt ja kosketit hellästi Tuomon kättä. Tuomo katsoi sinuun hetken ja jatkoi sitten matkaansa. Minun silmäni jäi sinuun. Näin kuinka käperryit hyvin pieneksi ja itkit. Kukaan ei sinua lohduttanut. Se kuva tunki mieleni pohjalta useana päivänä ollessani sairaalassa hoidettavana. Ja tunki sieltä mielenpohjalta muutakin. Ne monet kymmenet istunnot sinun kotonasi. Kyllähän minä näin mustelmat sinun käsivarsissasi ja sinun ja siskosi hädän ja pelon. Mutta usko oli silloin niin paatoksellista, kielsin näkemäni. Syytin Välliköiden kanssa teitä lapsia ja vaadin kunnioittamaan vanhempia. Uhkasin lyhyellä elämällä. Kyllä minä muistin ja muistan vieläkin. Väärin tein. Löin lyötyjä ja löin lujaa. Löin henkisesti ja hengellisesti. Se ei ollut oikeasta jumalasta lähtöisin. Se oli patriarkaalisen miehen voimaa ja valtaa. Olen katunut ja kärsinyt. Minä olin tullut auttamaan teitä lapsia ja tein niin pahaa ja väärin teille. Enkä koskaan hankkinut teille oikeaa apua. Voitko mitenkään antaa minulle anteeksi, Anna-Loviisa.

Anna-Loviisa on hämmentynyt ja nyökkää hiljaa. Hän silittää vanhan miehen selkää. Anna-Loviisa saa sanottua:

- Ne olivat turvattomia aikoja meille lapsille, keneenkään ei voinut luottaa. Tuntui niin pahalta, kun vanhempien riidat heitettiin lasten syyksi. Pelkäsimme. Meitä uhattiin helvetillä. Ja kuitenkaan se helvetti ei koskaan pelottanut niin paljon kuin elämä kotona. Ole rauhassa. Minua lohduttaa, että edes sinä ymmärsit. Hyvä näin. Voi hyvin.

Laukkasen Jussi vielä jatkoi.

- Anna-Loviisa. Etsi oikea jumala. Etsi rakastava jumala. Jos joku, niin sinä sen löydät. Tämän halusin sanoa. Etsi oikea jumala - Älä pitäydy uskonyhteisön jumalassa. Se ei useinkaan ole oikea jumala.

Anna-Loviisa nyökkää kiitokseksi.

PU-NAISTA PAPE-RIA JA PIKKUSAK-SET

Anna-Loviisa tapaa aikuisena Emman, lapsuuden kodin viereisessä korttelissa asuneen naisen. He iloitsevat kohtaamisesta.

- Leikkasit niin kauniit tonttukoristeet silloin lapsena, Anna-Loviisa. Minä hain sinua lasteni kanssa leikkimään. Et sinä niinkään leikkimistä ollut vailla. Sinä halusit askarrella minun kanssani ja istua sylissäni. Olit syliä ja lämpöä vailla. Annoin sinun olla sylissäni ja kokosin omat tyttöni siihen myös. Askarreltiin tonttuja ja jouluenkeleitä. Minulla on vieläkin ne tontut. Joka joulu laitan ne ikkunaan ja muistan sinua. Ne olivat minulle tärkeät, ovat vieläkin. Sinä olit niin tärkeä minulle ja meille kaikille. Sinusta tuli läheinen meille. Minun tyttönikin olivat aina iloisia sinun tulostasi. Olen myös käynyt äitisi haudalla juttelemassa. Kertomassa: olit syliä vailla ja sitä meillä sait. En koskaan ymmärtänyt, mikä teillä oli huonosti. Ei äitisi halunnut kertoa. Hän oli niin viileä ja pidättyväinen ja esitti kuin kaikki olisi hyvin. Mieheni kanssa päätimme hakea sinua meille kerran viikossa. Ja haimme, kunnes aloitit koulun. Sitten käyntisi harvenivat ja yhteys perheeseesi jotenkin hiipui. Olen hirveän onnellinen tästä tämän päivän kohtaamisesta.

- Annoit minulle ison enkelikiiltokuvan. Muistan sen, Emma. Säilytin sitä suurena aarteena. Enkelistä huokui turvallisuus ja välittäminen. Sellaiset tunteet ja arvostus, mitä minulle välitit. Sinun perheesi oli minulle tärkeä, sillä minulla oli turvaton koti. Sain rakkautta ja lämpöä teillä ja se auttoi minua kasvamaan. Kiitos siitä näin jälkikäteen.

Anna-Loviisan silmiin nousevat kyyneleet ja hän halaa liikuttunutta Emmaa.

***

Anna-Loviisa heilauttaa kättään Emmalle hyvästiksi. Muistot lapsuudesta lävähtävät mielen näyttämölle.

On puhelin. Musta puhelin. Musta puhelin punaisen lipaston päällä. Korkealla. Liian korkealla lapsen ulottua. On nahka rikki, on lihaskudos rikki, on luu ja rusto rikki. On mielikin miltei säröillä. Anna-Loviisa on lapsi. Hänellä on Pekka-isä ja äitikin. Hänellä ei ole koskaan kotona turvallista äitiä ja isää. Ei ole lämmintä aitoa syliä, missä kasvaa.

***

Muistoa seurasi toinen muisto.

Punaista paperia ja pikkusakset ja punaisesta paperista syntyy hups-vaan tonttuketju. Emma auttaa, askartelee mukana ja Emman lapset myös. Anna-Loviisa istuu turvallisessa sylissä. Anna-Loviisa hengittää syvään sisään ja ulos. Hän haluaa säilöä sen turvallisen kodin kaikki tuoksut sisäänsä. Ja sitten kotona illalla peiton alla hän hengittää taas syvään sisään ja ulos. Kaikki Emman perheen luona säilötty turvallisuuden tunne leviää hengityksen mukana hänen peittonsa alle, valtaa hänen huoneensa ja koko kodin. Hengitys muuttaa koko kodin turvalliseksi. Se on Anna-Loviisan oma iltasatu hänen oman päänsä sisällä. Tämä mielen kuvitelman tuottama toiminta sulkee Anna-Loviisan hetkeksi turvalliseen kuplaan. Se kupla kuitenkin särkyy aina viimeistään aamulla.

NAI-SEN OSA

Puhujaveljet, jollaisiksi uskonyhteisön saarnamiehiä kutsutaan, valaisevat henkilökohtaisesti suunnatuissa keskusteluissa heidän näkemyksensä mukaista raamattuun perustuvaa elämää. Usein nämä kohdistuu naisen asemaan suhteessa itseensä, mieheensä ja yhteisöön. Äärikristillisen opin mukaan on tarpeellista synnyttää ja ottaa kaikki lapset vastaan tilanteessa kuin tilanteessa. Vaikka nainen on kuinka väsynyt. Vaikka nainen on sairas ja lääkärit kieltävät raskauden. Vaikka henki on vaarassa äidillä tai lapsella tai molemmilla. Tai perheellä on täysin mahdotonta pitää huolta tulevista lapsista. Tai yksinkertaisesti nainen ei halua tai ole kypsä äidiksi. Ehkäisy ei ole soveliasta. Jumalaan luotetaan voiman antajana. Jumala on luvannut pitää aina huolen omistaan. Jumala antaa jokaiselle sopivan määrän lapsia. On synti edes ajatella perheen koon rajoittamista. Nainen ei voi määrätä omaa kehoaan.

**

Sitten on seksuaalivalistuksia, Anna-Loviisa on kokenut niitä itsekin. Aivan hirveitä tilaisuuksia. Niissä kerrotaan naisille seksuaalisuudesta, orgasmin pienen pienestä mahdollisuudesta, nautinnon synnistä naiselle. Perustellaan raamatun jakeilla, kuinka usein naisen on alistuttava miehelleen. Kuinka usein suostuttava intiimiin läheisyyteen, yhdyntään. Kuinka jumala on tarkoittanut naisen miehen alamaiseksi. Kuinka naisen ei sovi saada orgasmia eikä nauttia seksistä. Nainen on luotu miestä varten ja synnyttämään lapsia täyttämään maata ja jumalan valtakuntaa. Naisen tulee elää miehen halun alla. Jumalan valtakunta kasvaa sisältä päin. Naisella ei ole itsemääräämisoikeutta, ei tosin perheilläkään tulevien lastensa suhteen. Avioliitoihin sitoudutaan ilman esiaviollisia suhteita. Kahdenkeskistä aikaa seurusteluaikana ei ole sopivaa viettää. Näin vältetään heräävät lihan himot. Puolisot ovat usein henkisesti ja fyysisesti hyvin vieraita toisilleen ja heillä monilla on vain laumakasvatus ja laumaelämä mallinaan. Ei kukaan kykene olemaan tuollaiselta pohjalta henkisesti valmis perustamaan perhettä. Lapsia alkaa useimmiten tulla heti. Lapset syntyvät elämän jatkeeksi. Ehkäisyä ei ole. Väkivalta tällaisissa suhteissa on melko tavallista. Moni tulee raiskatuksi oman puolisonsa toimesta. Väkivalta annetaan anteeksi. Kerta kerran jälkeen. Ja elämä jatkuu entisellään. Se vain on niin tavallista. Ei sitä osata kritisoida. Se on naisen osa.

YRT-TIOPPI-A

"Kahoha sie Anna-Lovviisa näitä yrttilöitä. Tää on lentsuun. Tää täss ois levottommiin kinttuihi. Tuost kerreet marjat – auttaat kovvaa mahhaa. Tuo taas löysää mahhaa. Tuost kerreet lehet ja nuppuset kukat vespöhhöö. Nää lehet kerreet lasipurkkiloihi ja kannet kii. Kahen yön piästä nosta aurinkoo kuivamaa. Niist tulloo hyvvää haudetta ruhjeisii. Kasta sie pienii rättilöi hauvvevettee ja sitte ruhjeen piälle. Ja täs on siul riienmarjoi karjalast. Niit sie tarviit ihe isona."

PÄÄ-TÖKSIÄ

Lääkäri varoittaa Anna-Loviisaa raskauksista, terveyden ja hengen menettämisestä niiden vuoksi. Anna-Loviisalle jo ensimmäinenkin raskaus on suuri terveydellinen riski. Anna-Loviisan päässä takoo maallikkopuhujan saarnan sanat: "Uskokaa jumalaa, älkää lääkäreitä ja psykologeja."

***

Anna-Loviisa on väsynyt ja kipeä. Viisi synnytystä neljässä vuodessa. Jälkitarkastuksen tekee sama lääkäri kuin edelliset. Lääkäri on hiljainen, vakava ja huolestunut. Lopulta hän puhuu: "Valitettavasti tilanne on erittäin vakava. Kuitenkaan ei ole keinoja auttaa. Sairaalan säännöksissä on kirjattuna ohje. Alle kolmekymmenvuotiaalle naiselle ei voi tehdä operaatiota, jota sinä tarvitsisit. Lisäksi säännöissä on kriteeri: uskonnollisen vakaumuksen kanssa on oltava erittäin varovainen. Minun on toimittava sairaalan säännöstön ja lakien mukaan. Olet alle kolmenkymmenen ja uskonnolliseen yhteisöön kuuluva nainen. Voin vain suositella, ei enää synnytyksiä."

***

Näin lopulta käy. Viimeisessä raskaudessa Anna-Loviisan ja lapsen henki on hiuskarvan varassa. Anna-Loviisa on toiminut yhteisön paineen alla uskaltamatta olla erilainen. Hän puhuu lääkärille: "En voi kuitenkaan näin elää, kohtu roikkuu jalkovälissä. En voi istua, en voi kunnolla kävellä, en hoitaa lapsiani, en voi tehdä yhtään mitään. Tosiasia on, etten enää voi synnyttää. Myöskään yhteisö ei minua enää voi painostaa. Olen täyttänyt osuuteni. Olen synnyttänyt ja synnyttänyt, viisi kertaa. Se riittäköön yhteisölle. Kiitos. Jatkan avun etsimistä."

***

Anna-Loviisa kokoaa itsensä, henkisesti, psyykkisesti, fyysisesti ja sosiaalisesti. Hyvin konkreettisesti hän parsii itsensä kokoon, vetää väljät housut jalkaansa, kävelee pois vastaanotolta. Hajareisin ja ylpein hartioin. Katsomatta taakseen. Jalat ja hartiat vahvoina. On oltava vahva. Ei ole vaihtoehtoa. Vain vahvana jaksaa olla äiti neljälle pienelle lapselle. Hän haluaa olla äiti ja elää. Jollei ole vahva, ei voi olla äiti. Jollei ole vahva, ei jaksa elää.

***

Anna-Loviisa kulkee hajareisin ja selkä suorana lääkäriltä lääkärille. Aina sama vastaus. Kymmenen lääkäriä, kymmenen samaa vastausta. "Sinulla on uskonnollinen vakaumus ja kuulut äärikristilliseen yhteisöön, emme me sinua voi auttaa. Yhteisö syyttäisi meitä. Olen pahoillani." Yhdestoista lääkäri pyyhkii hikeä otsaltaan. "Haluaisin, mutten voi itse auttaa. Sairaalamme kieltää auttamasta, koska olet alle kolmenkymmenen ja kuulut uskonnolliseen yhteisöön. Tiedän kuitenkin sairaalan, jossa tätä kriteeriä ei lueta niin kriittisesti kuin täällä. Ja tiedän rohkean lääkärin, jolta kannattaa kysyä."

***

Anna-Loviisa saa apuja toiselta paikkakunnalta. Anna-Loviisa on synnyttänyt viisi lasta. Näistä viidestä menettänyt yhden ja lisäksi menettänyt miltei oman terveytensä ja henkensä. Yhteisön uskoon kuuluu ottaa kaikki lapset vastaan, omasta terveydentilasta huolimatta. Niin kauan kuin on elimet millä synnyttää. Se on jumalan tahto.

***

Anna-Loviisa tekee päätöksen hiljaa itsekseen. Hänen seuraava tehtävänsä on pitää huoli, ettei yhteisö aivopese hänen lapsiaan tähän samaan rumbaan. Anna-Loviisa päättää lähteä yhteisöstä. Hiljaa ja huomaamattomasti hivuttautuen, sillä hän haluaa säilyä tasapainossa henkisesti. Hän on nähnyt läheltä kyllin monta äkkilähtöä. Yhteisön painostus ja vaino on rampauttavan voimallista. Liian monelle on käynyt huonosti. Anna-Loviisa tuntee ja tietää itsensä. Äkkilähtö on liian vaarallista hänelle.

HITAUDEN VALTTI

Anna-Loviisa miettii:

"Miksi tämä kaikki on tapahtunut? Mikä oli vanhempieni motiivi käyttää väkivaltaa minuun ollessani lapsi? Ahdisteltiinko heitä yhteisön puolelta äitini taustan vuoksi? Tai minun taustani?"

Anna-Loviisa ei saavuta koskaan selvyyttä kysymyksiinsä. Sillä ei kuitenkaan todellisuudessa ole merkitystä ja kuitenkin tavallaan on. Tarkoitus on vain antaa terapiaprosessin edetä omaa vauhtiaan. Kysymykset synnyttävät toisia kysymyksiä. Toinen toisensa jälkeen ne vievät Anna-Loviisaa terapiassa eteenpäin. Toisaalta Anna-Loviisasta tuntuu, että aikaa on koko loppuelämä. Hän tuntee olevansa voiton puolella, vaikka on vasta haparoiden tasapainon kynnyksellä. Huominen on aina eilistä kokonaisempi ja valoisampi. Toisaalta mieli kiirehtää sielua edelle. Anna-Loviisa on malttamaton odottamaan terapian merkityksen avautuvan vaihe vaiheelta. Hän on malttamaton ymmärtämään: hitaus on valttia ja vähemmän on enemmän. Merkitystä on oikeasti vain olla prosessissa ja elää sitä. Se on elämää sillä hetkellä ja siinä elämäntilanteessa.

TIE JATKUU...

Kipinä sisuksissa,

kuulluksi tulemisen palo,

Se on syttynyt sammumattomaksi.

Siivet on kasvatettava itse ja levitettävä.

Silloin tuuli

on kyllin vahva siipiä kannattamaan.

VAIHE VAIHEELTA ETEENPÄIN

Terapian aika nostattaa välillä lapsuuden muistoja. Nyt niissä on kuitenkin eri sävy, jotenkin positiivisempi. Pakoreitit korostuvat ja pelastautumisen mahdollisuudet. Anna-Loviisa katselee järvelle ikkunasta, kun muisto palaa. Se tulee voimakkaana kuin tsunami.

Opettajan asuntolan asunnot, rivitalo ja suuret ikkunat, äidin ja isän riidat ja lapsen pelko. Asunto on kaksio: eteinen, vaatehuone, keittiö, kylppäri, olohuone ja lasten nukkumahuone. Joka ilta Anna-Loviisa ja sisko ovat varuillaan ja vahtivat ääniä suljetun oven takaa. Anna-Loviisan korvat kasvavat ja kasvavat. Henkiset korvat. Ne pitenevät, Anna-Loviisa kuuntelee tarkkaan. Korvat muuttuvat pitkiksi näkymättömiksi torviksi, jotka ulottuvat suljetun oven taakse. Ulottuvat kauas ja kuulevat kaiken. Jokaisen äänen vivahteen ja voimakkuuden vaihtelun. Aivoihin ja soluihin on syöpynyt desibeliraja, jolloin alkaa tapahtua. Siskon pää tulee pimeästä lähelle, siskon käsi etsii Anna-Loviisan käden. Ja siskon ääni kuiskaa Anna-Loviisan korvaan yhden ainoan sanan: "NYT". Hälytyskellojen ääni aivoissa on valtava pauhu. Sekunnissa ehtii kauaksi. Varsinkin, kun on harjaantu-

nut. Tytöt syöksyvät nopeasti iltayön pimeyteen naapurin seinänviertä pitkin. Sylikkäin he käpertyvät nurkan taakse, siskon selkä seinää vasten ja Anna-Loviisa siskoon nojaten pienenä mykerönä. He odottavat, odottavat ja odottavat. Loputtoman pitkän aikaa he vain odottavat hiljaa. Minuutit ovat tunteja, tunnit ikuisuuksia, kunnes heillä kotona sammuu valo.

Kun sisko ei asu enää kotona, Anna-Loviisa osaa paeta yksin. Hänellä on kokemusta pakenemisen tekniikasta.

Terapia on Anna-Loviisalle hyvin tervehdyttävä kokemus. Aluksi kaikki on tuskallista kaaosta, mistä ei ota tolkkua miltään laidalta. On uskonkriisi, avioliittokriisi, identiteettikriisi, ikäkriisi ... ties kuinka monta kriisiä päällekkäin, limittäin ja lomittain. Anna-Loviisa on solmussa, eikä osaa löytää itse pahasta olostaan ulospääsyä. Uskomusten keskellä uskonyhteisössä vuosikymmenten aikana hänen oma identiteettinsä on hukkaantunut yhteisön identiteettiin. Tai sitten sitä ei ole ollutkaan - omaa identiteettiä. Koska yhteisöön syntyneenä mahdollisuus kasvaa yksilöksi on minimaalinen.

Ensimmäiset kaksi vuotta Anna-Loviisa itkee; itkee ja itkee, loputtomasti. Hän saa sanoiksi vain pintaa, arkea ja sen ongelmia. Vain oireita siitä, mikä on jäävuoren huipun alla. Entisen uskonyhteisön ajatusmallit poukkoilivat sekaisin Anna-Loviisan selkeän ymmärryksen kanssa. Onneksi Anna-Loviisa on sitkeä ja irtipäästämisen vimma vie häntä eteenpäin. Hahmottaminen vaatii paljon henkisiä resursseja, hänen alitajuntansa tulee apuun. Anna-Loviisa käsittelee öisin tiedostamattaan suuria kokonaisuuksia, mielen rakenteisiin tarrautuneista traumakokemuksista. Isoja uskomuksia irtaantuu hänen mielensä rakenteista nukkumisen aikana. Unet ja niiden merkitykset tuovat syvyyttä Anna-Loviisan terapiakeskusteluihin. Samoja aiheita käsitellään laajasti istunnoissa ja unet jotenkin selkiyttävät ja tiivistävät käsiteltävää aihetta. Unet toimivat siltana tiedostamattomasta tietoiseen mieleen. Niissä selkeästi näkyy kokonaisuus terapiaistunnoissa käsitellyistä asioista. Unet ovat kuin puhdistunut tuulahdus kevyeksi muuntuneita traumaprosessoinnin vaiheita. Ne näyttävät missä Anna-Loviisa on psykologisella kartalla irtaantumisprosessin eri vaiheissa. Lopulta arkielämä alkaa järjestäytymään ratkaisuineen. Anna-Loviisasta tuntuu kuin oma piilossa ollut aivokapasiteettikin pääsee vihdoin heräämään henkiin. Samalla on muodostunut tilaa käsitellä syvempiä ja kipeämpiä traumoja.

Kahden vuoden jälkeen Anna-Loviisa istuu yhä saman psykologin istunnoilla. Vapaammin, rohkeammin, yhä välillä lohduttomasti itkien. Traumojen avaaminen tekee kipeää, jäävuoren pinta on kuitenkin jo putsattu. Terapiaistuntoja on ollut loputtomiin ja on ikuisesti. Loppua ei näy. Se on onneksi vain Anna-Loviisan tuntumaa tällä hetkellä. Elämän pöydällä ovat kuitenkin turvalliset suuret puupalikat. Kuutiot kuin lasten kuutiopalapelin palat. Tässä vaiheessa palat ovat irrallaan toisistaan, lähellä toisiaan. Henkäyksen päässä valmistumassa ehjäksi kuvaksi. Terapiaistuntojen keskustelut, kuulluksi tuleminen, nähdyksi tuleminen, psykologin henkinen läsnäolo ja tilanteen turvallisuus mahdollistavat Anna-Loviisalle kaaoksen järjestäytymisen. Väkivaltakokemuksiin muodostuvat ääriviivat ja muoto. Se on Anna-Loviisalle outo hetki. Samanaikaisesti pelottava ja turvallinen, pimeä ja valoisa, rikkinäinen ja ehyt.

Neljän vuoden kuluttua katkeruus on purettu. Anna-Loviisa möyrii surussaan ja väsymyksessään eikä irti pääse. Suru ei hellitä. Ei se enää synkkä ja tiheydeltään läpitunkematon ole. Se on utuinen harmaa harso, joka istuu tiukassa kuin nahka. Anna-Loviisasta tuntuu, kuin hänen selässään olisi vangitut siivet, tiukkaan sidotut, keskeneräiset ja vielä kuoriutumatta. Nahka pitäisi kyetä luomaan pois. Viha on liimana nahan alla. Se estää siipiä kuoriutumasta. Kasvamasta ja levittäytymästä. Anna-Loviisa ei pelkää vielä. Psykologilla on metodit ja keinot edetä hallitusti ja turvallisesti. On tullut aika avata kipeimmät salaisuudet. He eivät kiirehdi, Anna-Loviisa ja terapeutti. Tämä on terapian kipein vaihe. Anna-Loviisa nimittää sitä paskanluontiterapiaksi. Hirtehishuumoria. Anna-Loviisa ajattelee hyvin hoidettua hevostallia, jota asuu onnelliset kiiltävät hyvävointiset hevoset. Siellä luodaan paskaa joka päivä, jotta karsinat olisivat puhtaat hevosten olla ja elää. Joka päivä paskanluonnin jälkeen levitetään puhtaat oljet. Ja jälleen seuraavana päivänä luodaan paskat pois. Anna-Loviisa luo vanhaa paskaa uudelleen ja uudelleen. Jokaisessa lapiollisessa sen verran paskaa, kuin Anna-Loviisa kykenee hahmottamaan ja olettaa pystyvänsä turvallisesti purkamaan. Se on syväprosessointia. Samanaikaisesti vanhan elämän purkamista ja uuden elämän rakentamista. Kivuliaampaakin kivuliaampi prosessi. Anna-Loviisa reagoi psykosomaattisesti. Korvakäytävät ovat kipeät, arat ja nahattomat. Lantio pamahtaa lukkotilaan ja hän kävelee kuin puupökkelö. Jaloissa ei kierrä kunnolla veri, aineenvaihdunta hidastuu ja koko kroppa pistää hanttiin. Mutta kuten kaikissa syntymissä lopulta kipu unohtuu. Niin tässäkin lopulta käy. Terapia etenee tasaisin harppauksin. Unetkin tulevat taas avuksi. Psykologi heittelee kysymyksiä. Kyselee tuntemuksia, ajatuksia. Anna-Loviisa vastailee. Toisinaan vastaus tulee pohtien, toisinaan spontaanin voimakkaasti. Välillä on hiljaista. Välillä kyyneleitä. Välillä naurahdus. Huone on täynnä tunteita, turvallisuus on läsnä ja tunnelma järjestäytyy aina istunnon loppua kohden.

Paskanluonti kestää koko kevään. Valo lisääntyy luonnossa sitä mukaa, kun Anna-Loviisa vaeltaa mielensä polkuja synkimpään lapsuuteen. Ehkä kontrasti on hyvä - tasapainottava. Tasapainoa tarvitaan, sillä Anna-Loviisaa pelottaa vietävästi seksuaalisen väkivallan kokemusten purkaminen ja sen jälkeiset reaktiot. Purku tapahtuu pienissä erissä, turvallisesti. Huomaamatta Anna-Loviisa siirtyy subjektiivisesta lähestymistavasta objektiiviseen. Unet tulevat avuksi. Anna-Loviisa näkee unia ennen ja jälkeen psykologin istuntojen. Vapauttavia, järisyttäviä unia. Unen maailma on aina rauhallinen, asiat ja tapahtumat etenevät ilman ahdistusta. Ilman kiirettä, luonnollisena jatkumona. Anna-Loviisa nukkuu kynä ja lehtiö vieressään. Herätessään hän kirjaa ylös joitain keskeisiä asioita. Ja aamiaisen jälkeen kirjoittaa kokonaisen unen tai sen mitä siitä muistaa. Aina unilla on merkitys. Aina selkeä sanoma. Unet kertovat missä mennään, missä ollaan.

TIE JATKUU

...Unet puhuvat.

Ne näyttävät mahdollisuudet.

Kiertotiet ja suorat tiet.

Ne varoittavat ja ohjaavat ja lohduttavat.

UNIEN PARANTAVA VOIMA

Terapiaistunnolla keskustellaan unien osallisuudesta prosessissa. Anna-Loviisa kertoo omaa näkemystään unien uskomattomasta parantavasta voimasta. "Ihmisen fysiologia on ihmeellinen. Se antaa mahdollisuuden tiedostamattoman ja tiedostetun puolen keskustella keskenään, olla näin laadukkaassa ja syvässä vuorovaikutuksessa. Purkaa, rakentaa ja ratkoa ongelmia alitajuisesti. Psykologinen osio ja henkinen osio, mieli ja psyyke ja sielu ovat tässä vuorovaikutuksessa mukana ja nostaa miltei kypsän ratkaisun tunneälyn käsiteltäväksi. Unet ovat sellainen uskomaton käsittelyn väline. Unia tulkitessa saan tietoa omasta henkisestä kehityksestäni ja psykologisesta kehitysvaiheesta traumoja käsitellessäni. Unet ovat mainio väline tuoda limbisestä järjestelmästä syvälle juurtuneita ja säilöttyjä tunteita tiedostetulle puolelle. Kohti jäävuoren huippua, josta voin napata ne oikean ja vasemman aivopuoliskon käsittelytaajuudelle. Näin niillä on mahdollisuus tulla puretuksi tunneälyn ja järjenkin avulla. Unityöskentely on minulle hyvin tärkeä työkalu."

UNIEN KIELI

Anna-Loviisa tietää paljon unien merkityksestä. Hänen mummonsa oli kansanparantaja. Mummolla oli hyvin herkät intuitiiviset taidot sekä unien selittämisen taito. He keskustelivat niistä kahden kesken, Anna-Loviisa ja mummo. Mummo näin siirsi vuosisatoja sukupolvelta toiselle kulkenutta kansanperinnettä, eväitä elämää varten. Intuition käyttötaitoa ja unien tulkinnan taitoa. Uskomattoman hyviä työvälineitä jokaiseen elämän tilanteeseen. Eihän nämä jutut olleet täysin sopivia, Anna-Loviisa tiesi sen. Yhteisön mielestä sielunvihollisen keinoja. Anna-Loviisan äiti ei oikein halunnut heidän yhteyttään, mummon ja Anna-Loviisan. Silloin tällöin tapaamiset onnistuivat, vaikkakin mummo asui kaukana.

ANNA-LOVIISAN UNI: MYRKKYKAPSELIT

Suuri kapseli upotetaan kallioon, peitetään kallioon porattuun reikään. Se lasketaan pitkien köysien varassa syvälle – hyvin syvälle kallion uumeniin kuin ydinjäte. Erittäin vaarallinen myrkkykapseli. Teräskapseli. Se upotetaan kallion sisään ikuiseen säilöön. Anna-Loviisa siinä seisoo vieressä ja katselee. Sinne menee ja syvälle menee, eikä ikinä tule esiin. Vai tuleeko sittenkin? Sitten tulee vavahdus ja toinen ja kolmas. Kallio repeää. Kapseli luiskahtaa näkyviin. Se on haljennut pahasti kyljestä. Halkeamasta tupruaa myrkkykaasua ilmaan. Vaaratilanne! Erittäin vaarallinen. Mikäli kapselia ei osattaisi käsitellä vaarattomaksi, se hajoaisi kokonaan. Myrkky leviäisi ympäristöön. Saastuttaisi paljon, paljon - liian paljon.

***

Anna-Loviisa järjestelee mielensä kaaosta terapiassa omasta kokemusmaailmastaan käsin. Suuren myrkkykapselin hän on lapsuudessaan upottanut äärikristilliseen peruskallioon. Äärikonservatiivinen usko on tila, johon Anna-Loviisa syntyi ja jossa hän kasvoi. Usko vaikutti Anna-Loviisaan kymmeniä vuosia. Suomen oikeuslaitokset alkavat käsitellä yhteisössä tapahtuneita julkisuuteen vuotaneita hyväksikäyttöjä. Anna-Loviisan sisin alkaa vavahdella, lapsuuden kokemukset ryöpsähtävät toisten kokemuksina julkisuuteen. Lehdistö ja telkkari toitottaa niitä näkyväksi kaiken kansan kuultavaksi ja luettavaksi. Tuomioita annetaan oikeuslaitoksissa. Hengellisten yhteisöjen hyväksikäyttötapaukset ovat kaikkialla yleinen keskustelunaihe. Mutta yhteisön sisällä jokaviikkoisissa seurapuheissa onkin yllättäen toinen sävy. Kaunistellaan tapahtunutta oikeudenmukaiseksi kasvatukseksi, väärinkäsityksiksi ja korkeintaan yksittäistapauksiksi. Oikeudenkäyntejä tulee lisää ja lisää. Mielen maaperät vavahtelevat useammilla. Ihmiset uskaltautuvat avaamaan kokemuksiaan. Tutkijat kiinnostuvat ja totuus tulee näkyväksi.

Anna-Loviisan jokapäiväinen elokuva omasta lapsuudesta toistuu arjessa aamuisin herätessä. Mikään ei ole muuttunut - se tuntuu siltä. Aika ei ole parantanut haavoja eikä todellisuutta. Sama väkivalta jatkuu kohteena toiset lapset. Toiset naiset. Tekijöinä toiset ihmiset. Anna-Loviisan kokemukset tulvahtavat yhtäkkiä kallion uumenista siihen aikuisuuden arkipäivään ja arkipäiviin. Kaikkien mässäiltäväksi ja juoruiltavaksi. Se tuntuu liian pahalta kestää ja Anna-Loviisa purkaa näitä terapiassa.

Yksi kerrallaan niitä kapseleita avataan turvallisessa psykologin huoneessa. Taidolla käsitellään myrkky vaarattomaksi, hitaasti, hitaasti ja varovasti. Kaikkein kipeimpiä ovat seksuaalisen väkivallan purkukerrat. Psyyken suoja on uskomattoman vahva. Vuosikymmenienkin kuluttua entisen uskonyhteisön ajatusmallit poukkoilevat Anna-Loviisan päässä sekaisin selkeän ymmärryksen kanssa. Anna-Loviisan päässä kihisee outoja kysymyksiä, outoja ja toisaalta selkeitä. Hän kysyy niitä itseltään.

- Olenko kokenut seksuaalista väkivaltaa?

- En. Väkivaltaa kyllä. Henkistä ja fyysistä ja hengellistä. Mutta en seksuaalista...Tai ehkä sittenkin... Kaikki on niin kaaosta. Pallea käpertyy möykyksi, hengitys muuttuu tiheäksi. Vatsaa vääntää ja selkään tiivistyy pelon aiheuttama kosteus.

Anna-Loviisan päässä jylisee sekasortoinen meteli. Kysymysten sekamelska risteilee törmäillen toisiinsa.

- Onko sukuelinten koskettelu seksuaalista väkivaltaa?

- Onko miehen huohottava hengitys ja kiiluvat silmät seksuaalista väkivaltaa?

- Onko lapsen pystyjen rintojen koskettelu seksuaalista väkivaltaa?

- Onko lapsen paljaan alapään kouriminen, sormet häpyvaossa viiltäen, seksuaalista väkivaltaa?

- Onko lapsen väkisin pitäminen sylissä kopeloiden häpyhuulia yhtaikaa edellisten tapahtumien kanssa seksuaalista väkivaltaa?

- Onko silmitön hakkaaminen kasvatusta vai väkivaltaa?

Anna-Loviisalle on opetettu jumalan nimissä, ettei väkivalta ole milloinkaan seksuaalista väkivaltaa, mikäli se ei etene yhdyntään. Anna-Loviisalle on opetettu myös, että herran nuhteessa kaikki kasvatusmetodit ovat soveliaita käytettäväksi. Anna-Loviisa painii tällaisten kysymysten kanssa hyvin rankkoja painiotteluita. Kysymysten, joiden vastausten pitäisi olla itsestään selviä täysjärkiselle aikuiselle ihmiselle.

ANNA-LOVIISAN UNI: LÄÄKÄRIKESKUS

Anna-Loviisa kulkee unessa suurissa avarissa rakennuksissa kuin lääkärikeskuksessa. Näitä saman aihepiirin sisältöisiä unia on ollut useita. Pitkiä käytäviä, joita kulkiessaan Anna-Loviisa kurkkii vasemmalla puolella oleviin työhuoneisiin. Työhuoneita on paljon, aina kuitenkin käytävän vasemmalla puolella. Missään työhuoneessa ei ole ihmisiä. Työhuoneiden ovet on auki ja ne odottavat työskentelijää paikalle. Oikealla puolella on puhdas lasiseinä, jonka lävitse Anna-Loviisa näkee kauniin maiseman. Käytäviä erottaa teräksiset liukuovet, jotka avautuvat itsekseen Anna-Loviisan lähestyessä niitä. Koskaan ei löydy avauspainiketta, koskaan hän ei jää jumiin. Ovet toimivat automaattisesti.

Jokaisessa unessa toistuivat samat elementit. Myös söpö koiranpentu Anna-Loviisan vasemmassa kainalossa. Koiranpennun kanssa hän käy dialogia. Askeleet ovat keveät, luottavaiset ja jalat liikkuvat iloisesti aina eteenpäin. Anna-Loviisa ei koskaan palaa takaisin.

***

Hyvin lohdullisena Anna-Loviisa kokee tämän unen ja nämä unet. Nämä unet ei ahdista. Työhuoneiden määrä vähenee tai yhdistyy uni unelta.

***

Anna-Loviisa palaa unen sisältöön ja kertoo: "Talot ja rakennukset kuvaavat unen näkijää. Työhuoneet sijaitsevat vasemmalla, joten ne liittyvät menneisyyteen. Työhuoneet vaihtelevat, välillä ne yhdistyvät erilaisiksi kokoonpanoiksi ja lopulta ne vähenevät lukumäärällisesti. Aivan loogista siis. Menneisyyden traumat siellä odottavat työstämistä. Selkeinä kokonaisuuksina linkittyvät toisiinsa ja lopulta häntäpäästä tippuvat pois. Lasiseinät ovat oikealla. Tulevaisuus on puhtaan lasiseinän takana. Kaunis harmoninen maisema. Houkutteleva tulevaisuus. Lasiseinät ovat kirkkaita ja puhtaita. Jokaisen teräksisen liukuoven jälkeen lasiseinät ovat aina ohuempia kuin edellisessä käytävässä. Harmoninen tulevaisuus lähestyy, on ohuempaakin ohuemman lasiseinän takana. Käytäviä on monia, askeleet ovat kevyet, mieliala iloinen. Koira kainalossa kuvaa uskollista ystävää. Olen valinnut tien, vapauttavan tien - minulla ei ole tarvetta kääntyä takaisin. Näinhän on käynyt minulle todellisessa elämässäni, Anna-Loviisa jatkaa. Olen antanut itselleni luvan avautua. Olen luottanut psykologin ammattitaitoon. Olen tuntenut olevani turvassa. Uskaltautuessani terapian syvyyksiin ymmärrän kyllä, työstettävää riittää, loputtomiin. Siltä se tuntuu. Vuosien päästä työstettävät asiat yhdistyvät, vähenevät ja selkeä harmoninen tulevaisuus alkaa oikeasti häämöttää. Tämän unen aikoihin käsittelen naiseuden arvoa, sitä naiseuden mallia mihin olen syntynyt, kasvuympäristön välittämiä tilanteita, jotka ovat ryömineet iholle ja ihon alle. Sitä ristiriitaa minussa, kun en osannut mahtua niin ahtaaseen muottiin ja niitä kokemuksia, jotka vieläkin nostavat ihon kananlihalle. Käsittelen myös ihmissuhteita, menetettyjä ystävyyssuhteita ja uusia ystävyyssuhteita, ja myös säilyneitä ystävyyssuhteita. Myös yksinäisyyttä. Unenkin mukaan työskenneltävää on runsaasti. Kerroin ystävilleni prosessistani rehellisesti. Terapiaprosessini alkuvaiheessa uskonyhteisöön kuuluvat ystäväni avautuivat minulle. Kertoivat elämästään avoimen rehellisesti, kertoivat epätoivostaan ja erilaisista kokemistaan painostusistunnoista. Keskustelimme silloin vielä lähes tasavertaisesti. Kuulin lisää erilaisia ja samanlaisia elämäntapahtumia. Kuuntelin ja siirsin elämäntarinat syrjään. Mieleni oli täysi, sisukseni oli täysi jo omaa elämääni ja sen mustia varjoja. Minusta ei ollut jakajaksi oman taakkani vuoksi, eikä minulla ollut ammattitaitoa siihen. Rohkaisin näitä naisia etsimään hyvän terapeutin ja sitä kautta pyytämään apua. Kerroin, että meidän on avattava sydämemme ja mielemme jottemme sairastu. Monella meistä on perhe ja pieniä lapsia monta. Meillä on äitinä vastuu huolehtia itsestämme ja mielenterveydestämme ja muusta terveydestämme, myös lastemme terveydestä ja tasapainoisesta henkisestä ja fyysisestä kasvusta. Kehotin heitä hakemaan apua. Pikkuhiljaa yhteydenotot minuun hiipui. Tiesin, että vain harva rohkeni hakea apua. Prosessini edetessä he loittonivat ja vetäytyivät. Menetin ystäviä, menetin paljon. He eivät enää halunneet olla kanssani, pelkäsivät muutosta minussa ja muutoksen uhkaa itsessään. Sanoivat pelkonsa ääneen ja jättäytyivät kauas. Meidän elämissämme, ystävieni ja minun, ei ollut enää yhteistä kontekstia, lopulta ei enää yhtään yhteistä nimittäjääkään. Meillä ei ole enää mitään jaettavaa, ei minkäänlaista vuorovaikutteista yhteyttä. Yhdessä kulkemisen aika on päättynyt. Toivon heille mahdollisimman hyvää elämää.

Uni nostattaa mielen pohjalta näkyväksi vanhoja kokemuksia. Terapiassa näitä puran ja saan ne iholtani irti. Luon nahkaani uusiksi. Valitessani terapian jäin hyvin yksin, jossain määrin se teki kipeää. Tunnustan rehellisesti: mielessä käväisi pelko; pelko yksinäisyydestä. Jäin pelon vaikutusvallan piiriin jumiin. Uneni muuttuivat painajaisiksi, uneni laatu kärsi, olin uupunut ja aloin sairastella. Eräänä yönä mummoni tuli uniini ja sanoi: ´selätä sie pelko, siulla on taito, Anna-Lovviisa. Aamulla tein työtä käskettyä. Lähestyin pelkoani ja keskustelin sen kanssa, riisuin siltä kymmeniä takkeja ja lopulta sieltä kuoriutui pieni lapsenkaltainen olento. Pelot häipyivät ja huomaan kanssakulkijoita jääneen muutamia. Yksi ystävistäni on erityisen läheinen. Hän kykenee olemaan henkisesti läsnä itselleen ja minulle. Hän on peloton kanssakulkija. Ja toiset hyvät ystävät ovat läsnä kukin vuorollaan eri tilanteissa, niissä missä heidän ja minun elämäni kohtaa, yhteisissä konteksteissa. Se on ihmeellistä. Iloitsen siitä unen koiranpennusta, uskollisesta ystävästä, kuljemme unessa jokaisen askeleen ja samassa kontekstissa todellisuudessa. Se on ihmeiden ihme. Ihmeiden olemassaolo on suuri voima, antaa uskoa tulevaisuuteen ja jotenkin siivittää elämänkulun valoisaksi. Sellainen positiivinen voima, naivistinenkin, todellinen elämänvoima, joka avaa elämänuskon parempaan huomiseen."

ANNA-LOVIISAN UNI: VANHA TRAUMA

Unessa Anna-Loviisa on jossain koulun tiloissa. Siellä on paljon ihmisiä. Jotain tapahtuu naulakkoaulassa. Yksi tyttö alkaa riehua. Anna-Loviisa pyytää tyttöä rauhoittumaan urheilusalin pukuhuoneeseen. Tyttö syöksyy vaatteet päällä suihkuun kasvot ylöspäin vedentuloa kohden ja suu auki. Tyttö kertoo tekevänsä niin, jotta rauhoittuu ja puhdistuu. Saman tien tyttö syöksyy suihkusta Anna-Loviisan kimppuun. Anna-Loviisa nostaa kätensä vaakasuoraan eteen ja ottaa tytön vastaan käsillään. Heidän sormensa menevät lomittain. Anna-Loviisa pitää tyttöä loitolla. Tyttö on hyvin voimakas ja huutaa: "Sinä kuolet!" Anna-Loviisa ajattelee: onpas tyttö voimakas, vaikka niin laiha. Ja vastaa tytölle rauhallisesti: "En minä kuole, etkä sinä kurista minua. Irti minusta heti."

Tyttö on kalpea, valkoinen. Hänellä on pitkät vaaleat takkuiset hiukset. Sormet ovat pitkät ja laihat, pianonsoittajan sormet. Tyttö on hirveän laiha ja voimakas.

***

Anna-Loviisaa puistattaa. Selkeästi ahdistava uni. Kalpea tyttö kuvaa vanhaa traumaa. Se on kuva Anna-Loviisasta ennen. Hän painii kuolemanpainia itsensä kanssa. Alitajunta on jo käsitellyt pelkotiloja ja uni nostaa ne tietoisuuteen. Käsitelty trauma kuolee, Anna-Loviisa ei. Hän voittaa painin rauhallisesti katsoen traumaansa silmiin. Kuristumisen tunne on säilynyt Anna-Loviisan kaulalla ja kurkussa lapsuudesta lähtien. Tilanteesta, jolloin häntä kuristettiin yllättäen ja lyötiin päätä seinään. Tilanteesta, jossa haluttiin alistaa ja hiljentää lapsen mielipiteet. Anna-Loviisan kaula on ollut arka kosketukselle kauan. Se aiheuttaa ongelmia. Jos joku ihminen halaa kiertäen käsivartensa Anna-Loviisan kaulan ympärille tai lähelle hartioille, Anna-Loviisa vaistomaisesti riuhtaisee itsensä halauksesta irti. On monia muitakin hämmentäviä tilanteita traumareaktioista johtuen. Ja näistä joka kerta nousee loppuviimein aina häpeän tunne pintaan. Uni nostaa trauman näkyväksi, kuristuksen tunne kaulalta katoaa eikä Anna-Loviisa enää säiky kosketusta.

Anna-Loviisa aloittaa kirjoitusprosessoinnin terapian lisätyövälineeksi. Se antaa vauhtia ja syvyyttä terapiaan. Anna-Loviisa kirjoittaa lapsuuden traumaattisia kokemuksia auki. Niitä, jotka palaavat aina muistikuviin. Jotka ovat liimautuneet häneen, näyttäytyvät käyttäytymisessä säännöllisesti ja kiusaavat.

Anna-Loviisa järjestää rauhallista yksinolon aikaa tähän vaiheeseen. Syö, nukkuu, ulkoilee ja kirjoittaa. Kirjoittaessa hän elää uudelleen hyvin vaikeat väkivaltakohtaukset, tuntee kivun fyysisessä kehossaan, mielessään ja sielussaan. Jokaisen kirjoittamansa trauman jälkeen hän kävelee kymmenen kilometrin kävelylenkin luonnossa päästääkseen irti menneestä. Anna-Loviisa elää trauma traumalta nämä tilanteet uudelleen ja kirjoittamisen jälkeen lukee ne. Hän kävelee, syö, lukee, kävelee, syö ja nukkuu. Lukee kymmeniä kertoja, viettää aikaa monia päiviä tekstien kanssa. Tunteiden kipu loittonee. Lopulta katsoo tekstien tapahtumia objektin näkökulmasta. Jatkaa tätä työskentelyä, kunnes on irti kokemuksista.

Seuraava vaihe on terapiaistunto, kaksituntinen. Hän puhuu kokemuksensa ääneen ja analysoi yhdessä terapeutin kanssa. Terapeutti heittelee peilaavia kysymyksiä. Anna-Loviisa vastailee ja pohtii ja analysoi. Pilkkoo menneet kokemukset pieniksi kuutioiksi, etsii niistä yhteisiä nimittäjiä. Yhteistä ulkopuolista voimaa, joka niitä heittelee ja ohjaa. Uskomaton kokemus. Työskentelyn seurauksena aukeaa selkeä kokonaiskuva, aivotyöskentely alkaa tervehtyä aivopesun jäljiltä. Kuva alkaa syntyä harmonisen elämänkatsomuksen kehyksen läpi. Tavallaan prosessi on kuin se lääkärikeskusuni. Lasiseinäisiä muuntuvia työhuoneita...

Anna-Loviisa astuu normaaliin yhteiskunnalliseen ja globaaliin elämänkontekstiin, jossa yksilöllä on itsemääräämisoikeus ja lupa olla turvassa ja elää painostamatonta ja väkivallatonta vapaata elämää. Se on täysin uusi näkökulma. Terapian ensimmäinen hyvin pitkäkin vaihe avaa silmiä tälle mahdollisuudelle. Aiemmassa elämässä Anna-Loviisa ei osannut edes ajatella naisen itsemääräämisoikeuden mahdollisuutta. Oikeutta määrätä omasta kehostaan.

Anna-Loviisa kertoo: "Terapian aikana alan katsoa elämän turvalliselta ja harmoniselta puolelta käsin entistä elämääni äärikristillisessä yhteisössä. Elämäni kokemuksia lapsena ja aikuisena sekä niitä prosesseja, joita psyyke muodosti turvakseen. Kokemusten kapselointeja, elämässä luovimista. Silmien sulkemista siltä, mitä oikeasti tiesin ja näin. Yllättäen kykenenkin turvallisesti lähteä avaamaan sitä realistista kuvaa, pala palalta tai luukku luukulta. Kuin joulukalenterin luukkuja. Kuva ei tosin ole joulukalenterin, vaan kuvassa on he-le-vetti. Maanpäällinen helvetti."

ANNA-LOVIISAN UNI: TULIPALO

Unessa on seurat vanhassa, suuressa maalaistalossa. Maalaistalossa kaksi suurta salia, kaksi eteistä, keittiö, ehkä muitakin huoneita, mutta nämä ainakin. Talo on täynnä ihmisiä, eteisiä myöten. Anna-Loviisa on itse keittiössä. Latoo suuria halkoja puuhellan päälle. Hän ei laitakaan halkoja uuniin vaan hellan päälle. Sytyttää ne tuleen, kävelee rauhallisesti keittiöstä ulos ja sulkee oven jäljessään. Anna-Loviisa kävelee talon toisen pään eteiseen. Siellä on sukulaisia, tuttavia. Hän sanoo heille: "Kannattaa poistua ulos, sillä talossa on tulipalo". Hän jatkaa suureen saliin ja kertoo siellä oleville ihmisille saman. Jatkaa sitten talon toisen pään saliin. Täällä salissa kiihkomielinen maallikkopuhuja keskustelee Anna-Loviisan veljen kanssa. Täällä istuu paljon ihmisiä. Siinä salin ovella Anna-Loviisa ilmoittaa rauhallisesti: "Talossa on tulipalo, kannattaa poistua lähimmästä ovesta ulos". Kiihkomielinen puhuja vastustaa kiivaasti ihmisiä lähtemästä. On tärkeämpää kuunnella jumalan sanaa.

Anna-Loviisa käy muutkin tilat läpi ja ilmoittaa ihmisille tulipalosta. Eteisen ovesta tulee nuori mies musta nahkatakki päällä. Hyvin hätäisesti hän laittaa takkinsa Anna-Loviisan harteille ja pyytää kääntämään sen ja puke-

maan päälle ja poistumaan talosta. Anna-Loviisa kiittää, muttei tarvitse takkia. Hän menee keittiön ovelle ja kuuntelee, kuinka liekit roihuavat siellä ja polttavat taloa.

Anna-Loviisa kävelee ulos ripeästi. Ulkona onkin yhtäkkiä kesä ja laaja nurmikkoalue. Siellä on kesäseurat, ihmisiä istuskelee nurmikolla ja juttelee keskenään. Tunnelma on mukavan leppoisa. Siinä lähellä on muutama kivi ja niiden ympärillä ystäviä. Anna-Loviisa kävelee sinne ja istuu kivelle. Siinä sitten yksitellen ystävät sanovat lähtevänsä pois, jättävänsä tämän yhteisön ja sen oudot tavat. Jokaisella on oma tarinansa. Vuorotellen kävelevät pois. Anna-Loviisa jää. Vieressä istuu ystävän veli. Hän on reaalielämässä hyvin konservatiivinen ja niitä ihmisiä, jotka pitävät yhteisöstä tosi lujasti kiinni ja yhteisön arvomaailmasta. Unessa he istuksivat vierekkäin ja keskustelevat heistä, jotka siitä vuorotellen lähtivät. Taustalla soi hengelliset laulut ja jossain kaukana kuljeskelee ihmisiä. Anna-Loviisa on jotenkin miettiväinen ja ehkä murheellinenkin. Ei oikein tiedä mitä olisi viisasta tehdä - lähteäkö vai jäädäkö. Ystävän veli nousee sitten seisomaan: "Kuule Anna-Loviisa, kyllä meidän täytyy lähteä, jos me aiomme oman uskomme säilyttää. Perinne se vain meitä kiinni pitää. Eihän täällä ole jumalaakaan." Ja niin hänkin lähtee. Anna-Loviisa jää.

***

Unen aikana Anna-Loviisa elää vaihetta, jolloin pohtii, mikä pitää kiinni uskonyhteisössä ja siinä uskossa, koska kuitenkin sen arvot ja toiminta ovat ristiriidassa hänen omien arvojensa kanssa.

Mielenkiintoinen uni. Anna-Loviisa haluaa unessa polttaa seurapaikan, ettei siellä enää aivopestäisi ihmisiä. Unien tulella on puhdistava merkitys. Anna-Loviisa käy unessa varoittamassa sukulaisia ja kaikkia ihmisiä, pyytää heitä poistumaan tulipalon alta. Yhdessä huoneessa on kiihkoilijat. Eteisessä marginaalin pohdiskelijat ja ihmiset, jotka kritisoivat järjestelmää. Toisessa salissa ovat maan hiljaiset. Oikein kuvaava uni. Juuri sellaisia ihmisiä elää äärikristillisyydessä ja kaikissa muissakin tiiviissä yhteisöissä. Unessa tulee ulkopuolinen ihminen, joka tarjoaa apua, käännettyä takkia. Anna-Loviisa ei ota takkia, haluaa olla rehellinen itselleen ja muille. Tietää miksi ei halua jäädä joukkoon. Kulkee ovesta ulos kohti kesää ja kesäseuroja. Kesäseurat on tärkeä uskonyhteisön kesätapahtuma, jossa kohdataan ystäviä, kuunnellaan saarnoja ja oleillaan rennosti leiriolosuhteissa. Taustalla soi hengelliset laulut ja ihmiset kuljeskelevat alueella vapaasti seurojen aikana. Väljempi tilanne kuin unen maalaistalossa sisällä.

Oikeassa elämässäkin Anna-Loviisa keskustelee lähimpien ystäviensä kanssa tilanteestaan ja ajatuksistaan. Monet ovat samassa tilanteessa, monet myös jo lähteneet uskonyhteisöstä.

Unessa he tekevät ratkaisunsa, yksi toisensa jälkeen lähtevät. Anna-Loviisa jää vielä. Perinteistä kiinnipitävä tuttava jatkaa keskustelua. Jotenkin hänen sanansa on niin oikeaa tilannetta kuvaava: "Perinteet meitä kiinni pitää." Ei yhteistä uskoa ole - vain perinne ja tavat. Ja hänkin konservatiivisena ihmisenä ymmärtää sen ja lähtee. Yksinhän jokaisen on ratkaisunsa tehtävä. Anna-Loviisa on hidas ja unessa se hitaus näkyy. Anna-Loviisa on kasvanut kiinni yhteisön kulttuuriin. Anna-Loviisa tietää lähtevänsä, muttei ole vielä valmis. Tämä uni aukaisee hänelle paljon pohdittavaa. Perinteitä ja tapoja, niitä hän erottelee itsekseen näillä terapiaistunnoilla. Perinteitä ja tapoja. Hän käy yksitellen läpi yhteisön arvojärjestelmän arvoja ja tapoja, erittelee niitä ja toteaa, etteivät ne hänen uskonsa kiinnipitäjiä ole. Uni kuvaa niin selkeästi sen hetken tilaa ja prosessin vaihetta. Unien avulla voi käsitellä niin suuria kokonaisuuksia, joita sitten terapiassa voi analysoida. Vaikeinta on hahmottaa kokonaisuus, oma arvopohja ja uskonyhteisön arvot. Ne ovat ristiriidassa. Ovat aina olleet.

Ystävistä luopuminen on vaikeaa; ei heitä kuitenkaan enää ole. Ihmissuhteetkaan eivät enää pidä kiinni. Anna-Loviisa lähtee hitaasti, omalla tavallaan, irrottautuu pala palalta - perusteellisesti. Ja lopulta huomaa olleensa jo kauan irti ennen kuin itse sitä on tajunnut.

ANNA-LOVIISAN UNI: UUSI NÄKÖ

Anna-Loviisan ääni on rauhallinen, ehyt ja tasapainossa. Hän on terapiaistunnossa ja jatkaa unien kerrontaa.

"Kuljen jälleen avarassa rakennuksessa. Siinä missä oli niitä työhuoneita ja lasiseiniä ja käytäviä. Minulla on kainalossa nyt lapsi, vastasyntynyt, kapaloissa. Se on minun. Olen ensin jossain ulkona ja on kesä. Olen menossa tuohon rakennukseen. Se on sairaalan oloinen, ei kuitenkaan sairaala. Jokin yksityinen lääkärikeskus, jossa on myös leikkaussali. Minun lapseni vasen silmä on pullahtamaisillaan ulos silmäkuopastaan ja sieltähän se sitten pullahtaa pois. Minulla on jokin sideharson tapainen tai valkoinen kangaspala kädessäni. Sillä kangaspalalla painan hellästi silmän takaisin kuoppaansa. Olen menossa suoraan leikkaussaliin. Minulla ei ole aikaa varattuna, mutta on itsestään selvää minun mennä sinne noin vain. Kävelen lasiovista sisään. Se on ensimmäinen katutason kerros ja siellä on jokin hoitohuone, jossa pienikokoinen ystävällinen, rauhallinen, naislääkäri. Viisikymppinen, lyhythiuksinen, siisti ja hyvin ammattitaitoinen. Hänellä on siinä kaksi potilasta. Lääkäri näkee, mikä minun vauvallani on ongelmana. Lääkäri pyytää vanhempaa nais-

potilasta istumaan ja odottamaan. Lääkäri antaa minulle sellaisen lapsen kokoisen muovikaukalon, jossa on teräksinen irtokaukalo päällä, niin kuin vanha neuvolan vaaka. Olen riisunut lapsen kapalon pois ja se on siinä pöydän vasemmalla kulmalla rytyssä. Lasken lapsen kaukaloon ja huomaan vasemman silmän olevan kokonaan pois ja silmäkuopasta pulppuaa verta ihan solkenaan. Olen unen tilanteessa rauhallinen. Lääkäri on myös rauhallinen, ottaa jostain sellaisen ison tukun sideharsotaitoksia. Hän painaa sidetaitoksilla lapsen silmäkuoppaa ja hymyilee minulle. Samanaikaisesti lääkäri etsii kapaloista irronnutta silmää. Silmä löytyy! Lapsi on hiljaa ja lääkäri tekee työtään rauhassa. Verenvuoto lakkaa ja silmä ommellaan kiinni. Lääkäri kertoo minulle, että silmä ei näe enää samalla tavalla, mutta näkö saataisiin toimimaan erillä lailla."

***

Tämä on todella jatkoa aiemmalle lääkärikeskusunelle. Anna-Loviisa kertoo: "Uni taas puistattaa minua hereillä ollessani, mutta sen merkitystä ja sanomaa pohtiessani ymmärrän unen olevan hyvin positiivinen ja hyvin käyttökelpoinen työkalu terapiaistunnoille. Pienen vastasyntyneen lapsen merkitys unessa kuvastaa minun uutta elämänvaihettani, koska lapsi on minun. Vasen silmä kuvaa perinteisen menneen koetun elämäni vaiheita yhteisöllisyydessä. Verenvuoto taas puhdistaa kaiken lian pois. Silmä ommellaan kiinni, se ei näe enää samalla tavalla kuin ennen. Se löytää erilaisen näön, erilaisen elämänkatsomuksen, laajemman näkökulman. Alitajunnassa tiedän elämänkatsomukseni olevan muutostilassa ja terapia auttaa minua hahmottamaan sen. Tämän unen jälkeen käsittelen täällä terapiassa yhä rajumpia väkivaltakokemuksia. Etsin laajempaa näkökulmaa kokemuksilleni."

***

Tässä välissä Anna-Loviisa jaloittelee, venyttelee käsiään, pyörittelee hartioitaan. Selkeästi hän terästäytyy. Sitten istuu hiljaa, hengittää kolme kertaa syvään sisään ja ulos.

***

"Tarina jatkuu", sanoo Anna-Loviisa. "Terapiassa olen keskustellen käynyt läpi vanhoja toimimattomia uskomuksia ja tunnelukkoja. Olen aina ollut kiinnostunut psykologiasta ja nyt kiinnostukseni on pohjaton. Haluan aina tarkkaan tietää prosessin kaavakuvan ja sen missä milläkin hetkellä hahmottamis- ja irtipäästämisprosessissa olen itse. Se selkiyttää ja poistaa epävarmuuden. On siis keskusteltu mitä tuleman pitää, mitä mahdollisesti tapahtuu aivotyöskentelyn edetessä. Kuvat muuntuvat, täydentyvät, ja niiden merkitys selkiytyy. Loittonisin menneestä. Se on minulle tärkeää. Tuntea ja tietää, että oikeasti etenen. Itse välillä tunnen pyöriväni kehää. Olen vapaaehtoisesti halunnut tämän prosessin kuljettavakseni. Halusin irti alusta alkaen. En kyennyt siihen yksin – tarvitsin tukea ja turvaa. Olen irrottautunut jo hiljaa ja tietoisesti useita vuosia. Mutta terapiaa käydessäni minulla vasta on irti päästämisen rohkeus. Turvaverkon suojissa ehkä jollain lailla elävä ihminen minusta jää. Kylläkin sisäisesti vammainen, mutta ehkä yhteiskuntakelpoinen onnellinen vapaa ihminen. Tuohon haluan pyrkiä.

Terapeutti kysyy minulta useaan kertaan:

- Onko sinun tarkoituksesi irrottautua yhteisöstä, irrottautua kokonaan?

Aluksi kysymys herättää kaaoksen. Minun päässäni risteilee mielivaltaisesti laidasta laitaan yhteisössä elämisen aikaiset hajanaiset neuvot, saarnan pätkät ja uskonyhteisön uskomukset, omat rikkonaiset ajatukset ja yksittäiset aidot rakkaudelliset ohjeet. Annan kaaoksen tyyntyä päässäni ja päätökseni on selkeä.

- Kyllä. Se on tavoite. Päästä selville vesille pääni kanssa ja arvomaailmani kanssa. Irtaantua uskonyhteisöstä ja järjestelmän mukaisesta uskosta kokonaan. Irtaantua niin, ettei lisää vammoja synny. En vain tiedä onko se mahdollista.

Terapeuttini tarkistaa vielä.

- Tiedätkö mitä se merkitsee? Mistä joudut luopumaan ja mitä ehkä saat tilalle? Minkälainen työ itsesi kanssa sinulla on edessäni irrottautumisesi jälkeen?

- En tiedä tarkkaan, mitä elämä on uskonyhteisöstä eroamisen jälkeen. Tiedän haluavani irti ja olen valmis kohtaamaan uuden maailman.

Pidän hyvänä noita tarkennuksia. Minulla on mahdollisuus keskeyttää tai hidastaa prosessia tai jäädä siinä tauolle. Tiedän koko ajan mistä tulen, missä olen ja mihin olen menossa. Tästä terapeutin rehellisyydestä ja ammattitaidosta olen kiitollinen."

ANNA-LOVIISAN UNI: VAPAUS NÄKYVISSÄ

Koko yön kestävä pitkä uni, joka jatkuu ja jatkuu. Uni on raskas, loppua kohden keventyvä. Anna-Loviisa kulkee koko ajan vuoripolkua, vaativaa reittiä. Aina kun hän pysähtyy, on käsiteltävä asia konkreettisena siinä. Kesken vuoripolun on talo, Anna-Loviisa tekee siitä muuttoa pois. Hän muutti siihen taloon rekkalastillinen tavaraa mukanaan joitakin aikoja sitten. Anna-Loviisa on selvitellyt omaisuuttaan ja hävittänyt siitä paljon. Jäljellä on enää kaksi peräkärryllistä tavaraa. Ne on tarkoitus kuljettaa pois uuteen asuinpaikkaan yksi peräkärry kerrallaan. Uudet asukkaat, Anna-Loviisan sukulainen perheineen, ovat muuttaneet siihen taloon, mistä hän on lähdössä. Anna-Loviisa nukkuu yhden yön talossa vielä. Hänen viimeinen yö ja samalla uusien asukkaiden ensimmäinen. Tämä paikka on hyvin syrjässä vuoren kupeessa ja pakatut peräkärryt ovat parkissa sellaisella levennysluiskalla. Aamulla Anna-Loviisa ottaa autonsa perään toisen kärryn. Hän saapuu pikkukaupunkiin, jossa on uusi talo, uusi koti. Sellaisessa lähiössä, jossa on pieniä taloja. Anna-Loviisan ystävä on vastassa ja irrottaa peräkärryn autosta. Yhdessä he lähtevät hakemaan toista kärryä vuorelta. Vanhan talon luona Anna-Loviisan suku-

laisperhe kantaa vielä sisältä ruokatarvikkeita ja leipomuksia, piirakoita, paljon kaikenlaista syötävää. Anna-Loviisa ne on leiponut ja ne pakataan nyt autoon. Ystävä sanoo: niitä tarvitaan vielä ja ne ovat ihan käyttökelpoisia. Ystävä on kokki ammatiltaan ja tietää etteivät leipomukset ole pilaantuneita. Ystävä kiinnittää kärryn auton perään ja he ajavat pois. Matkan aikana keskustellaan mistä on vapauduttava, jotta voi elää tasapainoista onnellista elämää. He saapuvat Anna-Loviisan uudelle talolle, Anna-Loviisa jää sinne tavaroineen ja ystävä toivottaa tervetulleeksi samalle kylälle missä hän itsekin asuu.

***

Terapiaistunnossa Anna-Loviisa istahtaa tälläkin kertaa lattialle, etsii rennon asennon, hengittää taas syvään sisään ja ulos. Hän hymyilee valoisasti ja sen jälkeen vakavoituu ja keskittyy. Anna-Loviisa tulkitsee untaan, jossa vapaus näyttäytyy.

***

"Minusta unessa on elämän matkaa ja elämänvaiheita paljon. Se vanha talo, johon muutin rekkalastillisen kanssa, edustaa minun vanhaa minää - Välitila-minää. Olen istunut täällä terapiassa jo pitkään ja purkanut ja siivonnut vanhaa elämää rekkalastillisesta kahteen peräkärrylliseen. Vanhoja kipuja. Vanhoja traumoja. Vanhoja elämäntapoja ja vanhoja elämänuskomuksia. On siis aika siirtyä uuteen taloon ja uuteen elämään. Unessa olen siihen valmis. Minulla on kanssakulkija, ystävä, joka auttaa siirtymissä. Hänet minä tunnistan. Tässä vaiheessa kaksi peräkärryllistä tavaraa ja leipomukset. Leipomukset ymmärrän eväiksi, käyttökelpoisiksi uuden elämän eväiksi.

Sukulaisperheeni muutti siihen samaan välitilaan, josta minä siirryin jo seuraavaan. Tämä perhe elää omaa prosessiaan. Otin yhteyttä tähän perheenäitiin ja kerroin unen. Hän oli samassa ymmärryksessä prosessin etenemisen suhteen ja iloisena huudahti: perästä tullaan Anna-Loviisa. Pidä itsestäsi huoli.

Minun terapiaistuntoni jatkuu, taakka pienenee ja kevenee. Uskonto, jossa kasvoin, muuttuu etäämmäksi ja ymmärrys oikeaan reaalielämään alkaa aueta. Olen lapsuudesta lähtien uskonut eri lailla kuin äärikristillisessä yhteisössä uskotaan. Siksi nähtävästi jouduin niin rajun väkivallan ja aivopesun kohteeksi, koska "piru" piti ajaa minusta pois. Erilaisuuteni ei mahtunut sinne. Itse sitä ihmettelin lapsena ja nuorena, miksi aina pääni sisällä oli ristiriitaa. Oma uskoni sekä arvomaailmani ja yhteisön käytänteet eivät vain sopineet yhteen. Kyseenalaistin paljon toimintatapoja. Näiden monien vuosikymmenten jälkeen huomaan todellisessa elämässä tielleni tupsahtavan nuoruuden ystäviä, sukulaisia tai muuten tuttuja. Keskusteltuamme hetken ymmärrämme - samoja polkuja olemme kulkeneet. Samoja valintoja elämäntien risteyksissä valinneet. Samoissa välitiloissa pysähtyneet. Toiset ovat nyt edellä minua ja toiset taas jäljessä. Yksin me matkaa teemme, yksin me polkumme ja tiemme kuljemme, yksin päätämme ratkaisumme. Yksin kohtaamme sisimpämme mietteet. Jokaisella tie itseen on omanlainen, vaikkakin psykologinen kaava eri vaiheissa selkeästi toistuu kaikilla."

***

Terapeutti kysyy vielä:

- Anna-Loviisa, miten koet hengellisen pelastuksen merkityksen uskonyhteisössä?

Anna-Loviisa alkaa tiputella sanoja harvakseltaan.

- Täytyypä pohtia ihan ääneen. Ei ihan yksiselitteinen juttu. Yhteisö on aina ensiarvoisen tärkeä, sitten vasta perhe ja viimeksi yksilö. Oma usko ja arvot on sopeutettava yhteisön arvojärjestelmään, jolloin oman uskon henkilökohtaisuus mielestäni hukkuu ja häviää. Lopulta ihminen itse hukkuu ja häviää yhteisöllisyyteen. Yksilö on yhteisö ja yhteisö on yksilö. Siis täydellinen samaistuminen. Ehkä se on yhteisöllisyyden ihannetavoite tai paraabelin huippupiste. Kuitenkin tässä yhteisössä korostetaan henkilökohtaisen uskon merkitystä hengellisessä pelastumisessa. Henkilökohtaisuus uskosta katoaa yhteisön uskoon. Samalla todellinen aito lähimmäisenrakkaus häviää, jos sitä koskaan on ollutkaan. Kaikesta tulee rutiinia - tapakristillisyyttä, ulkokullaisuutta ja illuusiota. Pelastus ja taivaspaikka kuitenkin perustuvat henkilökohtaiseen uskoon. Tässä on selkeä ristiriita. Katoaako pelastus henkilökohtaisen uskon kadotessa yhteisön uskoon? Entä yhteisöön syntyneet – heillähän ei henkilökohtaisuutta uskoon mahdollistu, koska he syntyvät valmiiseen yhteisön uskoon, he eivät kasva yksilöiksi hengellisesti eivätkä usein henkisestikään. Vai pelastuuko vain ne, joiden henkilökohtainen arvomaailma täsmää sataprosenttisesti yhteisön arvojärjestelmän kanssa? Taidan kallistua tämän viimeiseen näkökulmaan.

ANNA-LOVIISAN UNI: ETEENPÄIN

Unessa on linnamainen talo, jossa kiviset paksut seinät. Anna-Loviisa asuu siinä miehensä kanssa. Heidän pihansa on suuri kaunis puisto talon ympärillä ja siellä on hevostalli. Talo on hyvinvoiva, samoin puisto ja talli ja hevoset. On sota, ihmisiä kerätään yhteiseen suojaan evakkoa varten. Anna-Loviisa ja mies eivät mene sinne. Anna-Loviisa näkee, kun suojasta otetaan ihmiset rekan kyytiin. Rekka räjäytetään, kaikki kuolevat. Anna-Loviisa päättää miehensä kanssa lähteä hevosilla. Anna-Loviisa on menossa toiselle ovelle, mies sanoo, että kannattaa mennä siitä ovesta, mikä on lähinnä brittejä.

He menevät brittien puoleisesta, laittavat yhdessä ison raskaan oven kiinni, ottavat tallista hevoset. Mies sanoo: "Ratsastetaan brittien alueen halki, britit päästävät meidät läpi".

Anna-Loviisa sitoo kantoliinalla kissan kuljetuskopassaan satulannuppiin ja itseensä kiinni. Miehen hevosen satulan edessä on koira. Anna-Loviisalla on ruskea hevonen ja miehellä musta, hyvin voimakkaita hyväkuntoisia hevosia. He ratsastavat hirmuisen lujaa laukkaa. Takana ammutaan. Kyyneleet valuvat Anna-Loviisan poskille. Hän katsoo taivasta ja huutaa: Kuolenko minä?

Kirkas selkeä ääni vastaa: "Et sinä kuole Anna-Loviisa, anna mennä vaan eteenpäin !"

Ympärillä on englantilaisia sotilaita hevosten selässä. He tekevät kunniaa ja antavat tietä. Tulee metsä ja nummi, ja koira juoksee miehen hevosen edessä onnellisena. Kissa on Anna-Loviisan hevosen kyydissä. Ei kuulu enää ammuntaa.

***

Anna-Loviisa siirtyy selkeästi eteenpäin unen maailmoissa niin kuin terapiaprosessissakin. Näinhän se on. Siksi nämä unet niin hyvä työkalu onkin. Tässä unessa tapahtuu jo siirtymää vapauteen.

***

Tässä unessa näkyy paljon monitasoisia prosessin vaiheita. Anna-Loviisa ja hänen miehensä ovat tehneet hidasta avioeroa keskustellen siitä jo vuosien ajan. Tämän unen aikoihin tulee rekisteröity tieto avioerosta. Se tulee julkiseksi. He sulkevat yhdessä yhteisen elämän oven. Se elämä on hyvin hoidettu. Äärikristillisyydessä avioerot ovat vaikeita asioita. Ne on synniksi siellä saarnattu. Avioero on merkki halusta irrottautua yhteisön järjestelmästä ja arvomaailmasta. Hyvin usein yhteisö vaatii jälkipyykin selvittämistä puhujien kanssa. Hyvin monelle ne ovat traumaattisia kokemuksia. Monet painostetaan takaisin saman katon alle uhaten helvetillä ja menestyksen katoamisella.

Unessa Anna-Loviisa miehensä kanssa ratsastaa samaan suuntaan. He ovat todellisuudessa päätyneet eroon yhteisymmärryksessä. He ovat myös molemmat tehneet irtiottoa äärikristillisyydestä jo toistakymmentä vuotta. Tässä vaiheessa uskonyhteisössä on sisällissotaan verrattava tila. Perheväkivallan ja insestitapausten julkisuus sekoittaa seurakuntaa. Ehkä unen sota kuvaa sitä ja he ratsastavat itsenäisesti sodasta pois, rauhalliseen metsään ja nummille, missä kukaan ei ammu. Pois uskonnosta kohti omia henkilökohtaisia jumalakäsityksiään. Hevoset vievät hyvään elämään. Rauha on mukana. Uusi aika. Kaikki hyvin. Terapiassa tässä unen vaiheessa käsitellään irtiottoa äärikristillisyydestä ja sen sekä avioeron jälkeisiä tuntemuksia. Uni on kuin yhteenveto tuosta terapian vaiheesta. Anna-Loviisa on näissäkin aiheissa jo jaloillaan. Se näkyy. Jalat kantaa. Pää kestää. Elämä rakentuu.

ANNA-LOVIISAN UNI: LUPAUS VAPAUDESTA

Kerrostaloasunto kaupungissa. Toinen tai kolmas kerros. Huoneisto, jossa useampia huoneita. Keittiö on iso, käyttämätön ja kalsea. Steriili. Siellä on kaksi sänkyä. Anna-Loviisa äitinsä kanssa nukkuu siellä. He heräävät yöllä keskustelemaan. Äiti sanoo: "meillä on vain kuukausi aikaa, muutamme tästä asunnosta, vaikka meidän olisi määrä olla tässä puoli vuotta.

***

Anna-Loviisa tuo unen merkityksen arkeen. Uni on lyhyt, mutta näyttäytyy oikeaan aikaan ja sen sisältö vie terapiaistuntojen keskusteluja eteenpäin vauhdilla. Terapiassa käsitellään äärikonservatiivisesta uskonnosta lähtöä. Anna-Loviisa ihmettelee täällä istunnoissa ääneen, miksi tuntee olevansa vielä uskonyhteisössä kiinni. Yhä jollain lailla mukana, vaikka on kaiken järjen mukaan irti.

Terapeutti kysyy Anna-Loviisalta:

- Missä asioissa Anna-Loviisa tunnet olevasi irti? Oletko tehnyt jotain konkreettista irrottautuaksesi?

- Olenhan minä. Jo vuosikymmenen tietoisesti olen ollut irti uskonyhteisön taloudellisesta jäsenyydestä. Vuosiin en ole käynyt missään tilaisuuksissa. Pari vuotta olen irrotellut ihmissuhteita, jotka liittyivät uskonnolliseen yhteisöön eivätkä palvelleet aitoa ystävyyttä. Usean vuoden ajan olen tietoisesti ollut avoin uusille uskonyhteisön ulkopuolisille ihmissuhteille ja saanut uusia ystäviä. Tosin niitä minulla oli ennestäänkin. Pidän myös heihin tiiviimpää yhteyttä nyt.

Anna-Loviisa pohtii uskonkysymyksiä. Niitä, joita on aina kritisoinut. Lukee raamattua kokonaisuuksina täysin uusin silmin ja sen sanoma alkaa hahmottua hänelle aivan uudella rakentavalla tavalla. Sehän onkin viisas kirja. Kuitenkin kovin erillä lailla kuin yhteisössä sitä on saarnattu ja sen merkitystä avattu. Anna-Loviisalla on huijatuksi tulemisen tunne. Hän ymmärtää jo aivopesusta melko paljon ja entisestä uhrin asemastaan. Samaistumisesta täysin yhteisöön ja sen arvoihin.

***

Anna-Loviisa kertoo: "Yhteisö oli minä ja minä olin yhteisö, joten omia rajoja minulla ei ole ollut eikä käsitystä niiden mahdollisuudesta tai välttämättömyydestä. En siis ollut voinut ymmärtää aiemmin, että raamattuakin voisi tulkita monesta eri näkökulmasta. Vaikka itse raamatun sisältökin kirjoitettiin aikanaan monen eri henkilön näkökulmasta. Olen ollut sokea. Olin sairastunut syndroomaan, jossa jo kunnioitin alistajiani ja yritin uskoa ja käyttäytyä saman lailla kuin he vaativat. Olen siis mielestäni ollut aivopesty uhri. Tässä vaiheessa haluan tarkentaa tärkeän asian. Minä synnyin yhteisöön. Minulla ei ollut kokemusta muunlaisesta maailmankäsityksestä. Eikä siihen ollut mahdollisuutta järjestelmän eristäytyneisyyden vuoksi. Kasvoin siis valmiisiin rakenteisiin kiinni."

***

Unen kerrostalossa on useita asuntoja niin kuin kerrostaloissa yleensä. Huoneisto kuvaa Anna-Loviisaa. Kerrostalo uskonyhteisöä. Äiti sanoo heillä olevan kuukausi aikaa muuttaa pois. Unen aikahan ei ole koskaan sama kuin todellisuuden aika. Kuvaava se on. Kuukausi on lyhyt aika. Anna-Loviisa on siis lähellä vapauden hetkeä. Onko se hetki vapautuminen uhrin roolista? Silloinko Anna-Loviisalla on voimaa tuntea olevansa irti uskonnollisesta yhteisöstä ja sen uskosta? Silloinko näköala on niin laaja ja rohkeus tarvittavan suuri? Anna-Loviisa uskaltaa katsoa peilistä itseään silmiin ja tunnustaa: "Irti olen!" Tässä on varmasti Anna-Loviisan jäljellä olevan riippuvaisuudentunteen ydin.

***

Kuukauden kuluttua Paskaterapia on täydessä käynnissä. Sen pituudeksi arvioidaan noin puoli vuotta. Ensimmäisten kuukausien jälkeen Anna-Loviisa haistaa jo vapauden tuoksun - ei kuitenkaan vielä uskalla hengittää sitä keuhkojen pohjalle saakka.

***

Terapeutti lohduttaa:

- Kun olet valmis Anna-Loviisa, olet irti. Ja tiedät sen.

Ja niinhän siinä käy. Sitten tulee päivä, jolloin terapeutti kysyy:

- Oletko nyt irti, Anna-Loviisa?

- Olen!

- Miltä tuntuu?

- Hyvältä, vapaalta, onnelliselta, ihmeeltä. Minuun hulvahti voima, ilmestyi tyhjästä. Valui kuin lämmin pehmeä aalto joka soluun. Jalat kantaa. Mieli on kevyt ja harmoninen. Ja sielu puhdas kivusta. Kiitos, tämä vuosien työ kannatti!

Terapeutti hymyilee.

- Voima sinulla on ollut koko ajan, kun sinut olen tuntenut kaikki nämä vuodet. Se voima on vaan ollut välillä niin hiuksen hienon hauras. Kaunis ja sitkeä alkuvoima, mutta pelottavan hauras. Oikein hyvä, jos tunnet sen voiman. Ja nyt näen: Se voima oikein loistaa sinusta vahvana. Olen iloinen tästä.

ANNA-LOVIISAN UNI: VÄLITILA

Anna-Loviisa käveleksii majataloon. On hyvin myöhäinen ilta. Majatalo on nuhjuinen ja vanha. Eteiseen astuessaan Anna-Loviisa kohtaa rujon, isokokoisen naisen. Yösijaa kysyessään nainen sanoo hakevansa äitinsä ja pyytää Anna-Loviisan mukaansa. Vanha nainen, noin 90-vuotias, rujo kuin tyttärensä, hyvin suurikokoinen, nukkuu suuressa salissa. Onhan se selvää, vanhoissa majataloissa on aina yhteismajoitushuoneita. Salissa on muitakin nukkujia, Anna-Loviisa ei kiinnitä heihin kummempaa huomiota. Hetken hämmästelee itseksensä hiljaa - kas kummaa majatalon omistaja nukkuu samassa yhteismajoitustilassa muiden kanssa. Tytär herättää äitinsä, auttaa tämän pystyyn, käsikynkkää kävelyttää eteiseen. Eteistilassa vanhamuori antaa Anna-Loviisalle kaksi avainta. Toinen avain sopii eteisen pukukaappiin ja toinen avain on toisen kerroksen majoitushuoneeseen, yhden hengen majoitukseen. Siinä sitten toivottavat toisilleen hyvää yötä Majatalon rouvat ja Anna-Loviisa. Tytär taluttaa äitinsä takaisin, eikä palaa enää itsekään. Eteisessä Anna-Loviisa riisuu päällystakkinsa, ulkohousut ja kengät. Laittaa ne pukukaappiin yhden matkakassin kanssa. Sulkee kaapin loksauttaen lukkoon.

Samassa Anna-Loviisa huomaa jättäneensä takkinsa taskuun molemmat avaimet, pukukaapin sekä huoneen avaimen. Anna-Loviisa pyörähtää sitten siinä harmissan ympäri ja toteaa itsekseen - yö on jo pitkällä ja kohta aamu. Yläkertaan vievien kierrerappujen rapputasanteella vietän yöni.

***

Onko unella yhtymäkohtaa Anna-Loviisan prosessiin? Onhan sillä. Taas niin selkeä uni kertomassa missä mennään. Unessa ei ole ahdistusta. Se on selkeä ja ratkaisut siinä tapahtuivat ilman hämminkiä. Vasta herätessä Anna-Loviisalle tulee ahdistus. Ahdistus siitä: vieläkö pysäkki? Anna-Loviisa haluaa jo jatkaa matkaa kohti uutta elämää. Jotain on vielä oivallettava. Jotain ymmärrettävä. Tai jotain tehtävä tai pohdittava. Avaimet Anna-Loviisalla on tavoittamattomissa. Entisen elämän vaatteet on lukittu ja sen elämän eväät myös. Siellä ne ovat ja pysyvät lukitussa kaapissa. Ei tarvita majatalon huonettakaan. On odotettava aamua, se tuo valon ja valossa näkee pidemmälle. Yhteismajoitustilaa ei edes tarjota. Majatalon pitäjä näkee Anna-Loviisan olevan jo matkalla. Todellisessa elämässä näin on. Anna-Loviisa ei kuulu enää yhteisöön. Häntä kuitenkin siedetään laidan toisella puolen. Avaimet hän on laittanut pois. Välitila. Siinä hän polkee todellisuudessa paikoillaan. Myös tämän kirjoitusprosessin kanssa polkee paikoillaan. Ei saa tai osaa järjestää olemassa olevia palikoita, tai uskalla. Ehkä se on pelkoa tai viisautta odottaa. Kumpaa lienee? Elämä kuitenkin neuvoo odottamaan.

***

Unet jatkuvat kahtena seuraavana yönä. Uniin ilmestyy leijona. Anna-Loviisa tulkitsee untaan näin: "Komea, tuuheaharjainen, lempeä, voimakas leijona. Voima on siis olemassa ja rohkeus, suuren komean leijonan voima. Voima ja rohkeus minussa. Vasta aikuisena ymmärsin, että Pekka-isä melkein tappoi minun kehittyvän naiseuteni. Ja Väinö. He onnistuivat vahingoittamaan naiseuttani ja naiseuden kehitystä minussa. Väkivalta kohdistui aina alastomaan kehoon ja siihen sisältyi himon ja yllytyksen äänet, toiminnot, sormien viiltävät vedot häpyvaossa. Ensin pienen lapsen alastomaan kehoon, sitten suuremman lapsen alastomaan kehoon ja lopulta teini-ikäisen lapsen alastomaan kehoon. Väkivalta kesti koko naiseuden alun kehityksen ajan. Väkivalta satutti fyysisesti, satutti henkisesti, satutti hengellisesti ja satutti seksuaalisesti. Äiti, Pekka-isä ja Väinö muovasivat mielikuvissaan minut lapsinaiseksi, seksuaalisen himon tyydytyksen kohteeksi. Teininä olin kyllin vahva ja rohkea puolustautumaan ja onnistuin siinä. Nousin kapinaan. Muistan vieläkin äänen, kun pieni kissani läjähti seinään, repesi ja kuoli. Minusta tuntui kuin minussa itsessäni olisi revennyt jotain, mennyt rikki ja kuollut. Pekka-isä tappoi lapsinaisen olemuksen minussa tappamalla kissani. Olin siis voittanut, en alistunut lapsinaisen rooliin enää. Pekka-isä ei tappanut naiseutta minussa vaan itse luomansa olemuksen. Sillä hetkellä minusta tuli yksilö psykologisesti ajateltuna. Naiseuden kehitys häiriintyi kuitenkin pahasti. Olin saanut henkisen vamman. Juuri alkaneet kuukautiseni jäivät moniksi vuosiksi pois. Minusta tuli fyysisesti vahva ja vikkelä. Nokkela ja poikamainen. Lakkasin pitämästä hameita, kaveerasin vain poikien kanssa. Kiusasin ja uhkailin tyttöjä, tappelin poikien kanssa tasavertaisena kuin jätkä. Pärjäsin. Terapian aikana olen ymmärtänyt sen olleen enemmän psyyken suoja. Koossapysymisen keino. Sielun palttoo. En osannut kymmeniin vuosiin solmia uusia ystävyyssuhteita tyttöihin ja naisiin. Identiteettikriisi iski lujaa, kun pitkällä aikuisiällä sain tietää, ettei Pekka-isä ollutkaan isäni. Kriisin läpikäytyäni aloin kokea myös yhteyttä omaan naiseuteeni. Koin silti olevani jotenkin vajaa ja erilainen. Olin synnyttänyt jo lapset, elänyt avioliittoelämää ja perhe-elämää, mutta naiseus minussa oli lukossa. Luulin pitkään, etten koskaan saavuttaisi naiseuden kaikkia mittoja henkisesti. Vuosikymmenten jälkeen aloin tuntemaan normaaliutta. Naiseus ja seksuaalisuus alkoi elää minussa. Kaikkein tärkein minulle terapian aikana on ollut nähdä naiseuden herääminen itsessäni, koska se oli olut minulla nukuksissa lapsuuden hyväksikäyttökokemuksista lähtien. Seksuaalisuus on elintärkeää hahmottaa. Se on upea tunne ja elämän voima. Leijona unessani tosiaan kuvaa sitä hyvin."

ANNA-LOVIISAN UNI: KOHTI VAPAUTTA

Unessa Anna-Loviisa menee myyjäisvalmisteluihin takaovesta sisään uskonyhteisön toimitalolle. Anna-Loviisa tuntee olevansa jo jollain lailla ulkopuolinen.

Yksi ystävistä sanoo ovella:

- Hyvä kun tulit Anna-Loviisa. Sinua tarvitaan.

Anna-Loviisa rutistaa ystävänsä halaukseen. Sisätiloissa on pieni huone, pienessä huoneessa kaksi keinutuolia. Keinutuolit ovat vastakkain. Anna-Loviisa istahtaa niistä toiseen. Toisessa istuu hänen tuntemansa vanha mies. Myyjäisten aikana keinua saa eurolla minuutin. Anna-Loviisa keinuu ilman rahaa. Ja niin keinuu vanha mieskin. Myyjäiset eivät vielä ole alkaneet.

- Voisin maksaa kymmenen euroa kymmeneltä minuutilta, sanoo Anna-Loviisa. Keinuisin tämän uskonnollisuuden liiman itsestäni pois.

- Keinu vaan ilman rahaa ja hintaa, mies vastaa hymyillen.

***

Unen mies on todellisessa elämässä Anna-Loviisan lapsuuden aikoina kertonut, ettei uskonyhteisön jumala ollut ainoa jumala. Tuo mies on kehottanut Anna-Loviisaa aikuisena etsimään oikean jumalan.

Anna-Loviisa tulkitsee untaan näin: "Olen tehnyt irtiottoa kauan, hitaasti ja rauhallisesti, uskonyhteisöstä. Toisinaan juutun kiinni, en osaa edetä, vaikka tiedän suunnan ainoaksi oikeaksi. Uni tulee kesken tiiviin terapiajakson. Se selkiyttää. Palauttaa mieleen lapsuuden kokemukseni keskusteluista vanhan lempeän maallikkopuhujan kanssa. Juuri nyt olen valmis luopumaan menneestä, jotta voisin kuunnella omaa henkilökohtaista uskonkäsitystäni ja sisintäni. Uni laajentaa ymmärrystäni valmiustilastani."

ANNA-LOVIISAN UNI: TOISELLA PUOLEN

Matkalla myyjäisiin Anna-Loviisa tapasi entisen miehensä. He olivat samalla asialla. Halusivat myyjäisten tosihyvää kotikaljaa. Sitä myytiin litran pulloissa. He tiesivät sen. Perillä mies jäi ulkorappusille istuksimaan. Pyysi josko Anna-Loviisa toisi hänellekin pullollisen. Anna-Loviisa astuu lasiovista sisään. Siellä on paljon tuttuja, entisiä ystäviä, joitakin läheisiä, joitakin sukulaisia. Myyjäiset ovat käynnissä ja täysi tohina päällä. Kotikaljaa myydään litran pulloissa miltei jokaisella myyntipöydällä. Anna-Loviisa kulkee pöydän luota toiselle hymyillen.

- Hei, haluaisin kaksi pulloa kotikaljaa.

Hänelle ei hymyilty, ei vastattu, ei tervehditty. Häntä ei huomioitu. Anna-Loviisaa ei ollut heille enää. Hän löysi tuttaviaan, jotka pitivät taukoa ja joivat kahvia, istuksivat näyttämön korokkeen laidalla ja heiluttelivat jalkojaan. Anna-Loviisa meni heidän luokseen sanoen lujasti:

- Mitä tämä on? Miksi ette huomaa minua? Kukaan ei halua myydä minulle. Kuulla minua. Nähdä minua. Tervehtiä minua. Kukaan ei huomioi minua millään lailla!

Nämäkään eivät kuulleet eivätkä nähneet. Vihdoin Anna-Loviisa ymmärtää olevansa näkymätön. Toiset eivät oikeasti näe häntä. Unessa hän ymmärtää olevansa irti. Lopuksi Anna-Loviisa tuhahtaa itsekseen: kait minä kuitenkin saan mennä uimahalliin.

Uimahalli on siinä myyjäisten yhteydessä samassa tilassa. Anna-Loviisa pyrkii uimahallin lippuluukulle. Pyytää maksaa pääsymaksun naisten puolen pukuhuoneeseen ja altaalle. Häntä ei nähdä eikä kuulla täälläkään. Yksi nainen tulee uimasta ja palauttaa avaimensa. Anna-Loviisa nappaa nopeasti sen ja kävelee pukuhuoneeseen. Hän huutaa lujaa - täältä tulee viimeinen! Kukaan ei täälläkään kuule, ei näe, ei huomioi. Hän lähtee pois. Tipahuttaa avaimen tiskille. Jatkaa ulkorappusille.

Anna-Loviisa sanoo entiselle miehelleen:

- Kuule, me ollaan siirrytty jo seuraavaan ulottuvuuteen. Ei ne nähneet eikä kuulleet. Kotikaljaa en saanut. Ei me juoda enää samaa elämänjuomaa niiden kanssa. Jatketaan me matkaa.

***

Anna-Loviisa tulkitsee innoissaan untaan: "Olen irti! Miten selkeä uni. Olen poistunut äärikristillisyydestä. Myös he ovat poistaneet minut keskuudestaan. En kuulu yhteisöön. Olen pidemmällä - olen vapaa!"

Näihin aikoihin Anna-Loviisa ottaa yhteyttä entiseen mieheensä. Toteaa, ettei enää saa kontaktia entisiin ystäviinsä. Kertoo unestaan nauraen vapautuneena ja olevansa tyytyväinen ollessaan irti. "Niin minäkin", sanoo ex-mies. "Tiedätkö, meitä on etsitty, molempia. Yhteisön taholta. Eräs sukulainen varoitti minua. Osoitteita on kysytty maistraatista. Turhaan, sillä ne on salattu. Yhteisöltä jäi riitit tekemättä. He haluavat varoittaa ulkopuolisesta helvetistä, puhutella ja painostaa takaisin ja sitten erottaa itse."

Yhteisössä ei ymmärretty vapaasta tahdosta lähtemistä.

TIE JATKUU

... Lopulta vapauteen.

ANNA-LOVIISAN KERTOMAA

"Tuntemukset terapiaistuntojen välissä ovat voimakkaita. Pelottaa, pelottaa joka kerta niin rutosti etukäteen. Hikoilen ja änkytän, vapisen ja tärisen kolme päivää ennen istuntoa ja sitten istunnossa suollan suustani ulos kuin vieraan kertomusta. Vapina lisääntyy, mitä kipeämpiin kokemuksiin keskusteluissa edetään. Epätoivokin palaa aika ajoin. Samoin tuska ja kipu. Kuin välähdyksinä, kuin sähköiskunkaltaisina hetken kestävinä mielenkipuina, sielunkipuina ja vieläkin syvempinä kipuina. Kaukaa, hyvin kaukaa, vuosikymmenten takaa tupsahtelee yhä kapseleihin säilöttyjä väkivaltakokemuksia kuin räjähtävä ydinjäte, säilöttynä syvälle, syvälle ja vieläkin syvemmälle.

Terapeuttini minulle usein sanoo:

-Anna-Loviisa, nämä istunnot ovat rankkoja. Olet niihin selkeästi valmistautunut. Nehän eivät sinua ole helpolla päästäneet.

Olenhan minä tietoinen terapian rankasta olemuksesta ja olen varautunut siihen etukäteen kaikin mahdollisin keinoin. Olen tsempannut itseäni ja valanut itseeni henkistä rohkeutta avatakseni kaikkein syvimmällä olevan teräskapselin, kaikkein paksukuorisimman, kaikkein myrkyllisimmän. Sen, joka sisältää kaikkein raaimman väkivallan, hengellisen, henkisen, fyysisen ja seksuaalisen. Olen järjestänyt taloudellisen tilanteeni, asumiseni ja arjen välttämättömät rutiinit niin, että ne sujuisivat mahdollisimman helposti aivan kuin itsekseen. Näin kykenen keskittymään vain paskan luomiseen.

Minulla on kourallinen ystäviä. Läheiseni ovat minulle kullanarvoisia kaikki. Ja ehdottoman tärkeä tuki. Ystäväni tietävät - olen kertonut heille - suunnitelmasta terapiaprosessin suhteen. He tietävät: Täällä käsittelyssä ovat vain ne kokemukset ja asiat, jotka vellovat ja ovat velloneet päässäni vuosia ja vuosikymmeniä poistumatta. On tarkoitus valjastaa minussa olemassaoleva ahdistus tekemään paskanluontia ja vapauttamaan negatiivinen pyörivä massa aivokopastani ja elämästäni. Ja, että minulla on mahdollisuus lopettaa terapia kesken, mikäli se käy liian rankaksi. He tietävät myös, että säädän vauhdin ja syvyyden. Olen aloittanut kevyimmästä ja etenen kohti raskainta kokemusta. He luottavat minuun, prosessiin ja terapeutin ammattitaitoon psykologina ja prosessini ohjaajana. Ja minä luotan ystävieni tukeen. Olen turvassa istunnoilla ja turvassa kotona.

Paskan luonnissa koen kipeät ja viiltävän tuskalliset väkivaltatilanteet tunteiden syvintä sopukkaa myöten uudelleen. Aikuisena, turvallisessa ympäristössä turvallisen terapeutin läsnäollessa. Siitä huolimatta eläytyminen uudelleen lapsuudenaikaisiin pelko- ja tuskatilanteisiin ottaa lujille jopa fyysiseenkin kehoon saakka. Kuitenkin joka kerta, kun näistä puhun, minun on hiukan kevyempi olo kuin edellisellä kerralla. Ja hahmotan mennyttä isommassa kuvassa paremmin. Se lohduttaa. Terapia auttaa ja taakka kevenee. Istuntojen jälkeen varaan aina aikaa voimakkaalle mustalle kahville tien toisella puolella olevaan kahvilaan. Se rauhoittaa ja palauttaa minut reaaliaikaan. Hetken viipyminen tunnelmissa ja sitten sen nollaus on hyväksi. Hyvä tapa palata arkeen.

Huomaan terapeutin tarkkailevan minua istuntojen aikana ja lopussa. Ne ovat kertoja, jolloin käsitellään seksuaalista väkivaltaa ja sen kokemuksia ja hetkiä. Ne ovat kaikkein vaikeimpia ja henkisesti raskaimpia istuntoja. Niiden istuntokertojen jälkeen veri pakenee kasvoiltani johonkin sisuksiini ja olen kalman kalpea. Minua paleltaa pitkään, vapisen, tärisen ja silmäni ammottavat tyhjinä. Terapeuttini huolehtii istuntojen lopussa voinnistani:

- Millä olet liikkeellä, Anna-Loviisa? Onko sinulla kiire? Istuisitko hetken käytävässä ennen lähtöäsi kotiin.

Se lämmittää. Joka kerta se lämmittää ja lisää turvallisuutta. Rauhoittaa, palauttaa reaaliaikaan. Päästessäni käytävälle jalkani pettävät ja istahdan tuolille. Tärinä loppuu, jatkan kahvilaan ja istuksin sielläkin pitkään ryystäen kuumaa mustaa kahvia sisuksiini. Hidastellen käveleksin autoon. Vielä autossa polveni kolisevat toisiaan vasten ja vilun väreet puistattavat selässä. Istun ja rauhoitun ennen auton käynnistämistä. Mietin ajoreitin valmiiksi ja ajelen rauhallisesti kaupungin läpi. Moottoritiellä huomaan usein ajavani tuhatta ja sataa, josta pakotan itseni rauhalliseen ajoon. Kunnes taas huomaan ajavani liian kovasti, mittarissa on 160 km tunnissa. En tiedä missä poliisit ovat, saisivat valtiolle rahaa ja korttini pöydälleen. Selviän kotiin aina ehjin nahoin.

Kerran yllätän itseni ajamasta taas ylinopeutta. Minun on pakko pysähtyä tienposkeen rauhoittumaan. Sydän lyö niin vimmatusti ja vanne puristaa rintakehääni lujasti, luulen kuolevani. Terveyskeskus on matkan varrella, poikkean sinne. Pyydän sydänfilmiin. Rytmihäiriö on päällä. Ottavat tosissaan. Hoitajille tulee kiire järjestää minut piuhoihin hoitopöydän päälle. He ottavat sydänkäyrää ja hakevat lääkärin.

- Nyt loppui sinulta kiire. Ollaan tässä ihan rauhassa. Odotellaan rauhallista käyrää, tuumaa lääkäri.

Olen levoton. Makaan siinä johdoissa pari tuntia. Sen jälkeen istun valvonnassa vielä tunnin. Koville ottaa. Muistot ovat jääneet iholle."

TERAPIAN LOPUSSA

Ahdistus ja pelkotilat ovat poissa. Anna-Loviisa saavuttaa rauhan. Ja nainen hänen sisällään on myös ehjä. Ihmeellinen olotila. Anna-Loviisa kykenee lopulta kiteyttämään kokemansa seksuaalisen väkivallan: Se oli miehen himoa, hallitsematonta seksuaalista ylilyöntiä. Miehen seksuaalista voimaa ja valtaa, joka tyydytettiin lapseen alistamalla. Se kiihtyi uskonnolliseksi hurmostilaksi. Sillä ajettiin pirua pois, alkukansojen aitoa vallasta vapaata uskoa ja henkistä voimaa. Se toisti 70- ja 80-lukujen seuroista tuttua kiittäjänaisten ja kiittäjämiesten hurmostunnelmaa. Samankaltainen värähtely: ole kiitetty herrani jeesus, ole kiitetty, kiitetty! Sama sävellaji, sama tahti, sama rytmi, sama sävy. Äärikristillinen järjestelmä antoi tähän luvan, pirun nitistämiseen. Itse piru ei kuitenkaan nitistynyt, vaan miehen tyydyttämätön elävä halu sai jumalisen mitan. Ja se tyydytettiin viattomaan alastomaan lapseen asennossa, jossa lapsen sukuelimet näkyivät.

Anna-Loviisa tarvitsi paljon aikaa ja kaikenlaista etäisyyttä ja hyvin tiheän turvaverkon, jotta kaikki koettu pääsi aukenemaan ymmärrykseen kokonaisena kuvana. Hän ei lopulta ollutkaan yksittäinen uhri, vaan systemaattisen hengellisen pelin yksi pelinappula. Se on Anna-Loviisasta lohdullinenkin näkökulma. Hän on nyt siitä pelistä irti. Hän on oman henkisen tiensä kulkija. Oman elämänsä pelinappula, globaalin elämän pelinappula, maailmankaikkeuden pelinappula. Hän on osa suurta maailmankaikkeutta sopusoinnussa itsensä kanssa. Anna-Loviisa haukkoo henkeään tuosta oivalluksesta. Anna-Loviisasta tuntuu ihmeelliseltä rimpuilla irti. Aivan kuin hän siirtyisi ikkunan toiselle puolen. Oravanpyörä jää sisäpuolelle ja Anna-Loviisa ikkunan ulkopuolelle. Ja kun hän viimein ymmärtää olevansa irti, hän huomaa olleensa jo kauan irti. Anna-Loviisalla on sellainen olo kuin olisi tipahtanut oravanpyörästä. Ja varsinainen oravanpyörähän se uskonnollinen järjestelmä aatteineen onkin. Oravanpyörässä pää menee sekaisin. Oravanpyörä pesee aivoja. Se pesee aivoja tehokkaasti. Oravanpyörä on ikiliikkuja. Oravanpyörä ei pysähdy koskaan. Oravanpyörä liikkuu niin nopeasti, niin liukkaasti, ja joskus sieltä ihan vahingossa joku putoaa. Ja joskus pudonneet jäävät henkiin. Henkiinjääneen aivot pääsevät turvaan ja joissain harvinaisissa tapauksissa alkavat toimia, ainakin osittain. Alkavat toimia vammoista huolimatta. Joskus käy niin onnellisesti - Vai käykö?

Anna-Loviisa on tipahtanut turvallisesti jaloilleen. Terapiaprosessi on toiminut ja sen loppupiste saavutettu. Sielun palttoo on pesty. Anna-Loviisa on täysin uudessa maailmassa ja tulee kuin toiselta planeetalta. Enää ei ole sääntöviidakkoa vaan vapaus valita ja rakentaa koko elämä alusta alkaen uudestaan. Toiseus ei olekaan helvetti vaan vapaus ja valo. Valinnan vapaus ja itsemääräämisoikeus häikäisee. Jäljelle jääneiden vammojen kanssa on elettävä. Vanhat metodit eivät tässä maailmassa enää toimi. Elämän aakkoset on opeteltava uudelleen. Turvallisuus on Anna-Loviisan sisällä nyt ja rauha ja levollisuus. Tähän saakka Anna-Loviisa kannatteli elämää. Nyt elämä kantaa Anna-Loviisaa. Se on ihmeellistä.

MYÖHEMMIN...

VUODEN KULUTTUA

KAHDEN VUODEN KULUTTUA

NELJÄN VUODEN KULUTTUA

VIIDEN VUODEN KULUTTUA

KYMMENEN VUODEN KULUTTUA

VUODEN KULUTTUA

Isosisko ja Anna-Loviisa istuvat saunapuhtaina juttelemassa. Siskokset polvet koukussa villashaaleihin kääriytyneinä. Molemmat saman sohvan eri nurkkiin käpertyneinä. Takassa palaa tuli. Pöydällä valokuva-albumi. Kuvia menneestä.

- Anna-Loviisa, osaatkos selittää tuon takin tarinaa, mihin se oikein hävis?

- Tarkoitat tuota äidin mustaa, silkkistä talvitakkia. En tiedä mistä äiti sen oli hankkinut tai saanut, mutta köpelösti sille kävi.

- Se oli mun ostama takki äidille. Äiti halus siistin ja hienomman takin, tykkäsi siitä niin kovin. Ostin sen lahjaksi. Ihan hirmuisen kallis se oli. Ihmettelin myöhemmin ja kyselin äidiltä, missä se hieno takki on. Äiti vaihtoi aina puheenaihetta, ei koskaan halunnut kertoa. Kerro sinä, Anna-Loviisa.

- Olin lapsi, ehkä kymmenen. Oli viikonloppu ja nukuin vähän pidempään. Heräsin vieraisiin ääniin. Vähän säikähdin, kun olin yöpaitasillani. Ainahan olin varuillani. Vieraat olivat olohuoneessa. Kurkin avaimen reiästä. Siellä oli Väl-lik-kä ja joitain muita maallikkopuhujia. Niillä oli ne mustat puvut niin kuin aina. Muistat varmaan. Vällikkä puhutteli äitiä. Äiti itki ja väänteli käsiään epätoivoisena.

- Muistan, sanoi sisko. Silloin ajattelin niiden olevan jumalan miehiä. Ihmettelin tosin, miksi olivat mustissa ja aina niin ankaria. Katsos, mielsin jumalan valkopukuiseksi ja lempeäksi.

- Niinpä. No, miehet itkettivät äitiä. Moittivat äitiä siitä mustasta takista. Voin vieläkin kuulla Vällikän äänen korvissani: "Ja karvakauluskin siinä ja aitoa ketun karvaa. Ei kuule jumalan ihmiset hienostele. Harmaata ja ajatonta, huomaamatonta pitää köyhän vähävaraisen naisen pukea päälleen. On synti hienostella aidon karvakauluksen kanssa." Muistan ihan sen Vällikän äänenkin. Kova. Toruva. Alentava.

- Ajattele sisko, miten ne sillain kehtas jostain takista tehdä syntiä?

- Odotas kun tarina jatkuu.

Anna-Loviisaa ihan naurattaa.

- Kun Vällikkä muiden puhujien kanssa oli itkettänyt äitiä kyllin ja äiti pyytänyt anteeksi ja luvannut hukata takin, miehet lähtivät. Ovi kolahti melko voimakkaasti heidän perässään. Minä syöksyin aamupesulle ja puin kiireesti päälleni. Pelkäsin miesten tulevan katumapäälle ja hakemaan takin mukaansa. Ei ne tulleet. Äiti syöksyi puhelimeen ja itki ja kertoi jollekin ystävällensä koko tarinan. Kului sitten puolisen tuntia ja ovikello soi. Olin silloin jo syömässä puuroa keittiössä. Eteisestä putkahti äidin ystävät, Liisa ja Maija ja Irma. Siinä ne päivitteli tapahtumaa.

Irma tokas: "Onhan se synti ja häpeä heittää roskiin silkkinen talvitakki aidolla karvakauluksella. Niinkö ne meinasivat?" Irmahan oli sellainen vahva nainen, joka uskalsi. Irman mies oli uskonyhteisön taloudenhoitaja siihen aikaan. Niillä oli asemaa. Irma ei antanut röykkyyttää itseään.

Äitiä vieläkin itketti. "Niin ne meinas", äiti tuhersi.

"Kuule, sinä sitä et voi enää päällesi laittaa. Sääli - Kaunis kallis takki", Maija tuhahti kiukuissaan.

Liisa tuumas käytännöllisesti: "Mitäs tehdään? Ei sitä roskiinkaan heitetä."

Äiti nyyhkytti vieläkin: "On synti myydäkin, sanoi Vällikkä. Valehtelin hälle, että arpajaisista voitin. Siihen Vällikkä tokaisi: Roskiin vaan!"

"Haistakoon... koko Vällikkä. Sanoisin rumemmin, mutten nyt syntisiä sanoja sano. Roskiin sitä ei laiteta. Minä ostan sen." Irma papatti topakasti.

"Kannatetaan! Saat ainakin rahat", Liisa ja Maija sanoi yhteen ääneen. Äiti oli helpottunut. Naiset tekivät suunnitelman. Sopivat, että äiti heittäisi takin tiiviissä pussissa roskikseen. Siihen reunimmaiseen luukkuun.

- Muistathan sinä sisko sen ison peltiroskiksen, missä oli kolme luukkua.

- Muistan minä, sen vihreän.

- Äiti teki sen. Pimeällä Irma tuli ja haki sen roskiksesta. Minä vahdin ikkunassa äidin käskystä. Irma sitten piti takkia kaapissa vuoden ja seuraavana talvena puki sen päälleen. Eikä kukaan enää muistanut koko takkia ja sen tarinaa. Irmahan ei ollut vähävarainen nainen. Hänelle se ei ollut synti.

"Hienostonainenhan ei hienostele ja voi pitää hienoa takkia. Se ei ole hienostonaisen synti. Joidenkin mielestä se on vähävaraisten synti", Irma tuumas joskus äidille. Siihen äiti nyökkäsi hiljaa ja hymyili surullisesti.

- No olihan tarina.

- Niinpä, en oikein tiedä nauraisko vai itkiskö. Mutta aikamoista alistamista se oli.

- Hävytöntä. Laitonta. Hengellis-henkistä väkivaltaa.

KAHDEN VUODEN KULUTTUA

Kuva välähtää kokonaisena Anna-Loviisan mieleen. Mikä lie sytytti tuon muistikuvan eläväksi, olihan tapahtumasta kulunut jo vuosikymmeniä aikaa.

Anna-Loviisa katselee nyt itseään lapsena. Peiton alla on vapiseva lapsi. Lapsi ja pelko. Lapsi ja pelko käsikädessä. Lapsi on käpertynyt pelon ympärille ja pelko lapsen ympärille. Raskaan tukalan peiton alla toistensa sylissä, lapsi ja pelko, läheisriippuvaiset. Hän, Anna-Loviisa, on se lapsi. Hän elää ainaisessa pelossa jatkuvasti. Mitä hän pelkää? Väkivaltaa, satuttamista, hylkäämistä, turvattomuutta, ettei ole ketään auttajaa. Anna-Loviisan on pakko kasvaa ilman turvallista kotia, selviytyä tilanteesta toiseen, pysähtymättä, jaksaa, jaksaa ja jaksaa loputtomasti.

Näitä mielikuvia putkahtelee silloin tällöin. Anna-Loviisa ei niitä enää säiky. Katsoo vaan.

NELJÄN VUODEN KULUTTUA

Anna-Loviisa ja isosisko lapsuuden kesäkodissa käymässä, tyhjillään olevassa mummolassa. Mummo on jo haudassa. Ja äiti sekä Pekka-isä myös. Pihassa on aitta. Nuoruuden kesien nukkuma-aitta. Ummehtunut haju tulvahtaa nenään. Anna-Loviisa rypistää otsaansa ja vetäisee kaapin oven auki. Kaapissa on ruskea hylly - miltei tyhjä. Hyllyllä kiepissä vyö. Ison miehen ruskea vyö. Naiset hätkähtävät. Henkinen isku tulee haudan takaa, vieläkin se sattuu.

Anna-Loviisa aloittaa lauseen:

- Onko tämä ...?

Ja lopettaa lauseen kesken. Kurkkua kuristaa, ääni ei kanna, kyyneleet tuppaavat silmiin ja muisto lapsuuden kauhuista jää leijumaan silmien eteen.

Isosisko nyökkää hiljaa.

- Solkihan on jäätävän kokoinen ja raskas, Anna-Loviisa puhuu kuiskaten.

Molemmat naiset ovat hiljaa. Muistojen filmi kulkee silmien edessä lapsuuteen ja sieltä pois. Molemmat naiset ovat selvinneet omalla tavallaan kiinni elämään.

- Opitko kunnioittamaan?

- En. Opitko sinä Anna-Loviisa.

- En. Anna-Loviisan ääni on katkeran kirpeä.

VIIDEN VUODEN KULUTTUA

Jokin ääni, haju, nopea liike tai uutisten väkivalta, mikä tahansa sytyttää yhtäkkisen salaman ja mieli pakenee lapsen osaan. Hetkellisesti muisto viiltää veitsenterävästi ja satuttaa kuin Anna-Loviisa olisi yhä lapsi, pieni, puolustuskyvytön, kipua tunteva, pelkäävä ja avuton. Traumaperäinen stressireaktio. Anna-Loviisa pyytää tähän apua julkisen hyvinvointialueen lääkäriltä. Anna-Loviisalle luvataan paikka traumaryhmään. Ryhmä kuitenkin perutaan säästösyistä ennen sen aloituskertaa. Anna-Loviisa ei luovuta. Hän alkaa siedättää itseään sosiaalisissa tilanteissa. Erilaisissa harrastusryhmissä, kaupungilla ruuhkatilanteissa, konserteissa. Ensin harvakseltaan, sitten tiheämmin. Parin vuoden siedätys alkaa näyttää muutosta. Traumaperäiset stressireaktiot hiipuvat miltei olemattomiin. Ne saattavat ilmaantua ylikuormitustilanteissa. Anna-Loviisa on niiden olemassaolosta silloin tietoinen, eivätkä ne häiritse häntä enää. Joogalla ja luovalla tanssilla pysyy stressi poissa.

SIELUN PALTTOO

Pie sie sielus turvassa tyttö. Aina.

Silloin pyssyy elämä tolpillaan.

Kaho sie: Napita palttoos auki,

kiännä se ku tarvihee ja napita taas kii.

Pie sielus palttoon sisäs suojas.

Muistaha sie koko elämäs ajan,

Elämän voima assuu sielus.

Jos sielu ei oo suojas nii elämä katoaa siust.

Silimät on sielun akkunat,

niist näkköö aina, onk sielu turvas.

KAHVILASSA - KYMMENEN VUODEN KULUTTUA

- Hei, tervetuloa. Mitä saisi olla?

- Cappuccino.

- Iso vai pieni?

- Iso kiitos.

- Saako olla jotain sen kanssa?

- Kiitos, vaikea valita, kun on niin herkullisia kaikki. Hmm. Otan palan mustaherukkahyytelökakkua.

- Siinäkö kyllin?

- Kiitos kyllä.

- Se on sitten kahdeksan ja puoli euroa. Kortilla vai käteisellä?

- Kortilla kiitos.

- Kiitos. Minä tuon pöytään. Etsikää mieleisenne pöytä.

- Ystävällinen kiitos. Menen yläkertaan.

Anna-Loviisa nousee kapeat portaat ylös. Portaissa on punainen kokolattiamatto, pehmeä ja upottava. Ja rappusten reunoissa messinkiset metallilistat. Kaide on tummanruskeaksi maalattua veistettyä puuta, kaunis, kädelle mieluisan pyöreähkö.

Oikealla puolella on isokukkaisella tapetilla päällystetty seinä. Anna-Loviisa silittää tapettia ja tapetin vaaleanpunaisten pionien terälehtiä. Niin hän teki lapsenakin, kun äidin kanssa täällä joskus pääsi käymään. Silloin portaat tuntuivat äkkijyrkiltä, pienille jaloille ylipääsemättömiltä. Äiti halusi aina yläkertaan. Siellä oli tiffany-lasiset ikkunat sisäpihalle päin. Lasiset lampun varjostimet. Pyöreitä ja suorakaiteen muotoisia siroja pöytiä. Chippendalea. Kukallinen kokolattiamatto, tummansininen pohja ja punaiset suuret kukat. Seinillä vanhanajan kaunista tapettia, kullattuja lintuja, roosan värisiä kukkia mustalla taustalla. Tapetti tuntui käden alla silkiltä. Anna-Loviisa muistaa, kun aurinko paistoi tiffany-ikkunoiden lävitse, kullatut linnut alkoivat elää ja tunnelma oli kuin sadun prinsessan linnassa. Kahvilassa oli usein hienoja rouvia isoine hattuineen ja korkokenkineen, maalattuine kynsineen ja huulineen. Rouvat tervehtivät aina uusia tulijoita hyvin kohteliaasti. Niin Anna-Loviisaa ja hänen äitiäänkin. Anna-Loviisan äiti tilasi aina pienen kermakahvin santsikupilla. Pienen siksi, että sen sai ohueen aaltoreunaiseen kauniiseen ruusukuppiin asetin kanssa. Asetilla oli kaksi valkoista sokeripalaa. Kerma oli hopeisessa kermakossa. Anna-Loviisan äiti valitsi aina palan suklaakakkua, sacheria. Anna-Loviisa sai limsaa, sitruunasuudaa ja jäätelöpallon. Kahvilanpitäjä toi nämä kaikki herkut hopeisella tarjottimella ylös nostetun käden varassa. Anna-Loviisa jännitti aina, pysyykö tarjotin tasapainossa jyrkissä portaissa. Kahvilanpitäjällä oli pikkukukallinen kiiltäväkankainen mekko ja valkoinen pitsireunainen essu ja korkeakorkoiset kengät. Tarjotin ei koskaan kallistunut.

Portaat ovat vieläkin jyrkät, tapetti yhä silkkisen tuntuinen käden alla. Aurinko paistaa tiffany-ikkunoiden lävitse ja elävöittää kullatut linnut tapetissa. Anna-Loviisa häviää ajassa taaksepäin monta kymmentä vuotta. Kahvilakäynnit olivat niitä harvoja kauniita muistoja äidistä. Harvoin he siellä kävivät, ehkä pari kertaa vuodessa. Anna-Loviisa tulee tänne aina äitinsä syntymäpäivänä, kahdeskymmenesensimmäinen kesäkuuta. Niin nytkin. Vanhoja hienoja rouvia ei ole enää. Anna-Loviisan ikäinen nainen istuu pyöreässä pöydässä ja tervehtii hillityn ystävällisesti ja sitten uudelleen yllättyneen ilahtuneesti.

- Oi Anna-Loviisa, onpa mukava yllätys! Tule tänne istumaan.

- Sinäkö se siinä? Mitä kuuluu, Helena?

- Kiitos hyvää, mitä itsellesi Anna-Loviisa?

- Kiitos hyvää minullekin. Tulin äidin syntymäpäiväkahveille, tänäänhän on kesäkuun kahdeskymmenesensimmäinen. Lapsena pääsin joskus äidin mukana tänne. Tämä oli hienojen rouvien kahvila, minulle kuin sadun prinsessalinna.

Helenalla on hopeatarjottimella kermakahvi ja suklaakakku, sacheri. Anna-Loviisa hymyilee. Kohta tulisi hänen hopeatarjottimensa. Täällä syödään kakkukin yhä hopeaisella kakkuhaarukalla.

- Olkaa hyvä, tässä on rouvan kahvi.

- Kiitos.

Kahvilanpitäjällä on korkeakorkoiset kengät, mustat housut, valkoinen paitapusero. Tyyli on muuttunut, mutta sopii silti tunnelmaan. Anna-Loviisa saa hopeatarjottimella cappuccinonsa ja mustaherukkakakun palan. Hän hymyilee. Cappuccino on valkoisessa suuressa kupissa ja sen maitovaahtoon on kuvioitu ruusu. Tarjottimella on myös hopeinen kakkuhaarukka ja valkoinen servietti. Täydellistä!

- Helena, on aikaa, kun on nähty. Olen ajatellut sinua useasti viime aikoina.

- Anna-Loviisa, on todella ihana tavata näiden kaikkien vuosien jälkeen. Oletko vielä uskonyhteisössä?

- En. Olen irti. Totuttelen tähän vapauteen, kun kukaan ei kontrolloi.

- Onneksi olkoon vapaudellesi. Entä avioliittosi?

- Ei sitäkään enää ole. Olen vihdoin irti kaikista sitoumuksistani. Minun irrottautumiseni oli pitkä prosessi. En kyennyt nopeaan lähtöön niin kuin sinä aikoinaan. Mutta tässä onneksi ollaan, vapaana ja hengissä. Mikä sinun perhetilanteesi on nyt?

- Erosimme silloin muutaman vuoden kuluttua yhteisöstä irrottautumiseni jälkeen. Ei ollut enää pohjaa avioliitolle, joka oli uskonyhteisön arvojen lähtökohdista käsin perustettu. Lapset hoidettiin yhteishuoltajuudessa eron jälkeen. He ovat nyt tolpillaan ja aikuisia. Yksin elelen, en ole kyennyt sitoutumaan. Ystäviä kyllä olen saanut muutamia. En tunne itseäni yksinäiseksi. Näin on hyvä.

- Sehän se on tärkeintä, että itsensä kanssa on saavuttanut tasapainon ja sisimmässä on rauha. Mihin heräsit? Tarkoitan mikä sinut sai haluamaan irti uskonyhteisöstä?

- Minun oli paha olo pitkään. Aikani pyysin sitä anteeksi, niin kuin yhteisössä tapana oli. Ei se anteeksi pyytäminen ja saaminen pahaa oloa vienyt pois. Lisäsi vain riippuvuutta kontrolliin. Sitten koin vakavan burn outin ja oli aikaa ajatella. Luulin, että olin yksin ajatuksineni. Sitten sinun kanssasi oltiin silloin vierasmyyjäisissä ja keitettiin yhdessä lihakeittoa. Muistatko? Me alettiin yhdestä suusta puhua kultaisesta kynttiläjalasta, joka oli paskan peitossa.

- Muistan, keitettiin tosiaan lihakeittoa Oulun myyjäisissä silloin. Oltiin aika mietteliäitä. Oli just ollut seurapuhe, jossa puhuttiin kultaisesta kynttilänjalasta. Sitten yhtaikaa aukaistiin suumme ja alettiin puhua toisillemme samoilla sanoilla. Ihmeteltiin, ettei auta, vaikka uskoo ristiriitaisuuksien tuottaman pahan olon anteeksi jeesuksen nimeen. Ei auta, vaikka muodostaa uskon kuvaa ja yrittää näin luoda sontaa kultaisen kynttilänjalan päältä normaalikäytänteiden mukaisesti. Silloin todettiin toisillemme yhdessä, että ne asiat mietityttää tosi paljon. Oli hirveän helpottavaa tietää, ettei pähkäillyt yksin.

- Niin, se tieto helpotti, ettei ollut ainoa ajattelija. Mutta yksinhän ne oli mietittävä.

- Niin oli. Henkilökohtainen ratkaisu oli tehtävä yksin. Niinhän sen kuuluu mennä.

- Aikansa se sitten kesti. Nyt me huomataan, että kynttilänjalka pysyy puhtaana niiden sisimmässä, jotka ovat rehellisiä omille arvoilleen ja elää sen mukaisesti. Asiat mikä minut oli herättänyt monesti, oli tekopyhä rakkaus ja kontrollointi, joka vei itsemääräämisoikeuden ja tasavertaisuuden. Ja se, ettei nainen saanut päättää omasta kehostaan.

- Melko lailla samoja herätteitä minullakin oli. Se rakkauden puute oli niin ilmeinen. Vaikka sitä korostettiin jokaisessa seurapuheessa viikottain. En löytänyt sitä, en nähnyt sitä, en kokenut sitä. Havahduin rakkauden merkityksen ymmärtämiseen tai oikeastaan rakkauden ja sen aidon merkityksen puuttumiseen uskonyhteisössä. Aloin katsella ympärilleni ja huomasin kaiken olevan niin ulkokullattua. Uskonyhteisön sisällä niin harvassa ihmisessä asui aito rakkaus. Ja sitten tuo minkä sanoit, naisen keho ei ollut omassa päätäntävallassa. Ehkä se oli meidän uskonyhteisöön syntyneisiin kohdistuva ongelma enemmän. Me emme olleet saaneet kasvaa yksilöiksi, me emme omistaneet kehojamme, emme mieliämme. Olimme yhteisön omaisuutta, miesten näköisen kontrollin alla. Yksilö oli aina yhteisön kuva. Yhteisön tarpeet oli aina etusijalla. Ja toisten tarpeet menivät omien edelle. En osannut edes määrittää omia tarpeitani.

- Saman minäkin huomasin. Uskonyhteisön kaikki toiminta ja rajoitukset olivat miesten lähtökohdista luotuja. Ja sitten se rakkauskäsitys. Mielestäni rakkaus on jumalasta ja jumala rakkautta. Jumalallinen rakkaus on kaiken keskus, kuin solun tuma. Se on yhteydessä kaikkeen ennen olevaan ja olemassa olevaan ja myös maailmankaikkeuden ulottuvuudessa olevaan jumalalliseen rakkauteen ilman uskonnollisuutta.

- Juuri noin minäkin ajattelen. Lähimmäisen rakkaus taas mielestäni on se liima, joka yhdistää ihmiset toimimaan yhdessä ja palvelemaan toinen toisiaan ja jumalaansa hengellisessä yhteisössä ja sen arvojärjestelmässä tasavertaisesti. Tai siis sen pitäisi olla.

Mutta äärikristillisissä yhteisöissä, niin kuin meidänkin entisessä uskonyhteisössä oli ihan muunlainen liima. Rakkaus oli hävinnyt, kadonnut, siirtynyt pois tai sitten sitä ei ollut koskaan ollutkaan. Olin kuitenkin asunut useammilla paikkakunnilla ja kuulunut aina näihin yhteisöihin. Koin saman tekopyhyyden joka paikassa. Tietenkin jotkut yksittäiset ihmiset tekivät poikkeuksen. Mutta tarkoitan yhteisöllistä rakkautta, sitä ei todellisuudessa ollut.

- Olen samaa mieltä. Aloin ymmärtämään, etten voinut siinä hengellisyydessä hyvin. Halusin olla itselleni rehellinen ja kuunnella omaa sydäntäni. Minun mielestä oikea usko on sydämessä ja sillä on merkitys, rakkauden merkitys. Jos ei ole merkitystä, on vain tapoja.

- Niin minunkin mielestäni. Toimintatavat voivat palvella järjestelmää kyllä ilman rakkauttakin ja ilman uskoa. Ja sitten toisaalta usko ei ole riippuvainen uskonnosta.

- Silloin muodostuu yhteistä hyvää palvelevia toimintakulttuureita. Näistä toimintakulttuureista ja yhteisöllisyydestä tulee hengellisyyden nimissä uskonto. Sen toimintakehyksenä on yhteinen arvomaailma.

- Uskonnot ovat näin arvojärjestelmiä, joita johtaa aatteen kaltainen voima. Hengelliset arvojärjestelmät eivät itsessään synnytä uskoa, mutta ne antavat mahdollisuuden uskolle elää niiden sisällä tietyin edellytyksin. Arvot toimivat yhteisenä nimittäjänä hengellisen järjestelmän ja uskon välillä sitoen ne samaan kontekstiin.

- Siksi hengellisen arvojärjestelmän puitteissa voi elää erilaisia henkilökohtaisia uskoja ja uskon näkemyksiä, kunhan pääasiallinen arvokäsitys on samankaltainen.

- Henkilökohtaisuuden uskon näkemykseen tekee jokaisen yksilöllinen elämä ja sen historia. Tästä muodostuu henkilökohtainen usko, joka taas toimii suodattajana yhteisöllisten arvojärjestelmien periaatteille. Olin syntynyt, kasvanut ja elänyt hengellisessä yhteisössä ja minun arvomaailmani oli ristiriidassa sen hengellisen yhteisön arvojärjestelmän kanssa. Uskoni oli minussa aina sama, ennen ja nyt. Se on minun omaan elämän kehykseeni mahtuva aito usko ja arvotan sen korkeammalle kuin äärikristillisyyden arvojärjestelmän oppiuskon. Minun uskoni on uskonnoista vapaa.

- Ymmärrän sinua. Minäkin käsittelin ensin omaa kriisiäni uskon kriisinä, kunnes ymmärsin, ettei minulla uskon kriisi ole vaan hengellisestä yhteisöstä ja sen arvomaailmasta irtaantumisen kriisi.

- Samoja latuja hiihdettiin, Helena. Minä koin oman kriisini henkilökohtaisen uskoni pelastautumiskriisinä. Oma uskoni ei mahtunut uskontojen ahtaisiin järjestelmiin. Minun jumalani oli laajempi. Mitä ajattelet uskonyhteisöstä?

- Se on kuin ikiliikkuja, kuin vinhaa vauhtia pyörivä oravanpyörä. Se ei pysähdy koskaan.

- Mielenkiintoista. Käytät samaa kuvausta kuin minäkin. Olen monesti kuvannut yhteisöä oravanpyöräksi, joka ei pysähdy koskaan. Ja lopulta se linkoaa jok´ikisen sisällä olevan.

- Se on hyvä kuvaus. Luulen, että moni yhteisöstä lähtenyt allekirjoittaisi tuon kuvauksen.

- Ehkä. Itse en ole löytänyt parempaa kuvausta. Sittenhän se on täydellinen; ainakin me molemmat ymmärrämme hyvin toistemme ajatuksia ja kokemuksia samoista lähtökohdista.

- Oravanpyörän sisällä toiset ihmiset uskoo, että jonain päivänä on tuleva jumalan aika. Aika, jolloin alistaminen loppuu, jolloin käsitys oikeasta ja väärästä saavuttaa yksimielisyyden.

- Noilla ihmisillä on jollain lailla paha olla siellä. Niin minä ajattelen. Mutta sinä ja minä ei kuuluttu tuohon ryhmään.

- Olet oikeassa, ei kuuluttu siihen ryhmään. Siellä sisällä on myös ihmisiä, jotka sydämestään uskovat niin, että heidän jumalakuvansa sopii eksklusiiviseen uskonyhteisön jumalakuvaan. Nämä ihmiset eivät vilpittömyydessään näe raadollisuutta uskonyhteisön sisällä. He ovat sokeita sille, mitä ympärillä tapahtuu.

- Nuo ihmiset ovat oikeassa paikassa. Heidän uskonsa ja arvonsa yhtyvät yhteisön arvoihin. Nämä ihmiset ovat yhteisön näkökannalta varmastikin niitä terveesti uskovia.

- Just noin. Sitten siellä on ihmisiä, jotka ovat jollain lailla uhrin asemassa. He kokevat tulleensa alistetuiksi ja ovat tiukan kontrollin alla tai ainakin kokevat niin. Osa näistä ihmisistä haluaa ja pyrkii pois, pääseekin. Me kuuluttiin tähän porukkaan vai mitä ajattelet?

- Olen hyvinkin samaa mieltä. Ja osa näistä ihmisistä valitettavasti painostetaan takaisin. Aikansa siellä oltuaan he synkronoituvat kunnioittamaan fanaattisesti järjestelmää. Eivät he kaikki omasta halustaan fanaatikkoja ole, heidät on siihen alistettu ja se on eräänlainen pelastautuminen, millä voi peittää oman menneisyytensä ja traumansa ja eriarvoisuutensa.

- Eipä heille muuta vaihtoehtoa jää. Sitten on vallanhaluiset tai sanoisin valtaapitävät. Jotkut edellä mainitsemistasi yltää tähän kategoriaan.

- Psykologinen suoja sekin. Loogista. Useinhan alistaja haluaa peittää. Mitä enemmän salattavaa tai käsittelemätöntä mielen kuormaa, sen suurempi alistaja ja sen vahvempi fanaatikko ja vallan käyttäjä.

- Sitten on vielä ihmisiä, jotka vain ovat siellä, vaikka eivät usko samanlailla. He ovat ikään kuin myrskyn silmässä. Tarkoitan, ettei he jaksa ajatella tai avata silmiä uusille oville. Tai ovat luovuttaneet. Eivät välitä itsestään eikä muista.

- Aivan. He pitävät kiinni yhteisöllisyydestä tai heillä ei ole rohkeutta tai halua äänestää jaloillaan. Roikkuvat siellä vapaasta tahdostaan. Näkevät mitä tapahtuu, mutta ovat hiljaa. Sulkevat silmänsä ja vaikenevat. Heitä minä ihmettelen, enkä lakkaa ihmettelemästä. Miten he, jotka näkevät, hyväksyvät kaiken hiljaa? Ajelehtivat mukana.

- En osaa sanoa. He ovat ihmisiä, jotka eivät jostain syystä kykene tai halua ottaa kantaa. Heidän tarkoitusperiään on vaikea määrittää.

- Ei minullakaan parempaa määrettä heille ole. Tiedän vain, että heitä on melko lukuisa joukko. Ihmisiä vailla mielipidettä tai vastuuntuntoa, sanoisin. Tunnen monia. Yllättäen ihan fiksuja ihmisiä ihmisenä. En koskaan kuullut heidän avautuvan. He vain kulkivat massan mukana järjestelmässä. Pyrkivät olemaan näkymättömiä, ottamatta kantaa yhtään mihinkään.

- Toisaalta nykypäivänä siihenkin uskonyhteisöön mahtuu monenlaista ajattelijaa ja ajattelematontakin. Kaikilla ei ollenkaan ole usko tai yhteinen arvomaailma yhteisenä nimittäjänä.

- Se on kyllä totta. Itse vain en kykene elämään, jos en ole rehellinen itselleni. Minulla on aina ollut selkeä arvomaailma. Se on ajan saatossa muokkaantunut, hioutunut, jopa muuntunut. Mutta selkeä se on aina ollut.

- Niin minullakin.

- Kuule Helena. Olen monesti miettinyt entistä uskonyhteisöämme. Minusta se ei ole varsinainen uskonto. Se on enemmänkin aate tai tarkemmin määriteltynä aatteellinen uskomusjärjestelmä.

- Tavallaanhan kaikki uskonnot on uskomusjärjestelmiä.

- Niin totta.

- Vanhoillinen herätysliike on pieni oma maailmansa, jossa on oma lakijärjestelmänsä. Jos hyväksyy lait ja järjestelmän toiminnan, siellä on hyvä elää.

- Ja jos ei hyväksy tai toteuta järjestelmää, se mielletään uskonyhteisössä huonoksi omaksitunnoksi. Ja sen hoitamiseen on olemassa yhteisön omat sisäiset metodit.

- Kyllä. Se on myös järjestelmä, jossa ei tarvitse siellä olevien tuntea raamattua, koska sitä saarnataan joka viikko saarnapöntöstä.

- Toki raamattuun tutustumista suositellaan. Mutta ei sitä vaadita, eikä siihen järin kannustetakaan.

- Järjestelmään kuuluu, ettei ole hyväksi ajatella liikaa. Ja ajattelemattomuuteen taas on hyötyä siitä, ettei tunne raamattua. Ei herää kritiikkiä.

- Ei ole myöskään hyväksi asua kovin erillään tai kaukana muista uskovista, jotta jokaviikkoiset kokoontumiset mahdollistuisi.

- Se puetaan kauniisiin sanoihin, että kokoontumisissa saa voimaa uskoa, ettei sielunvihollinen laita päähän vieraita ajatuksia.

- Todellisuudessa se on aivopesua, elinikäistä aivopesua.

- Entä sitten naisen arvo? Järjestelmässä naisen arvo on matala, koska nainen on synnyttäjä ja raamatun perusteella synnyttämiensä lasten kautta jumalalle kelpaava. Naisilta kielletään ehkäisy ja sen käyttöön puututaan painostavilla keskusteluilla. Jokainen on kontrollin alla.

- Tuo on nykypäivänä vähän lieventynyt. Tarkoitan tuota, että nainen on synnyttämiensä lasten kautta jumalalle kelpaava. Siitä ei enää puhuta niin ääneen, vaikka se raamatussa mainitaankin. Minun lapsuudessa se oli arkipäivää, itsestäänselvyys. Ja sitä saarnattiin julkisesti. Perheessä piti olla lapsia, paljon. Ja niitä oli vaan hankittava, keinolla millä hyvänsä. Minäkin olen avioliiton ulkopuolinen lapsi ja tiedän monia, joiden tausta on samankaltainen. Mutta se oli tabu, ei siitä saanut puhua. Jos ei ollut kyllin suuri perhe tai kyllin tiheään syntyneitä sisaruksia, joutui puhutteluun. Minäkin olen istunut puhutteluissa. Minun raskauteni ei näkyneet päällepäin kuin vasta loppuvaiheessa. Siitä huolestuttiin, käytänkö ehkäisyä. En koskaan puhutteluissa tunnustanut olevani raskaana. Minun mielestä se oli minun asiani. Minä luulen, että nykyperheistä monet käyttävät salaa ehkäisyä. Koska monien perheiden lapsiluku on kuusi. Oliko liian raju luulo?

- En ihan allekirjoittaisi tuota täysin. Varmasti on niitäkin rohkeita, jotka käyttävät ehkäisyä. Mutta yleisempää on se, että vahvat naiset lopettavat seksin miestensä kanssa. Eihän siinä seksissä mitään mieltä ole. Nainen ei saa nauttia ja aina tulos on uusi herran lahja. Kuule Anna-Loviisa, koko systeemi perustui ja perustuu yhä miehiselle vallalle. Vieläkin.

- Olen samaa mieltä. Naisen arvo ei ole siellä kohdallaan. Kaikki perustuu miehen seksuaalisuuteen ja sen voimaan. Nainen ei saa nauttia seksuaalisuudestaan. Mies saa. Painostus on yhä hyvin voimakasta, seksiin sekä lasten tekoon.

- Niin, se tuntui ja tuntuu pahalta. Naiselle seksistä nauttiminen on synti. Se on naiselle vain lapsenteon motiivi. Ja miehen tyydyttämisen motiivi. Tai pitäisi olla. Se on hengellisyyteen kuuluvaa, nainen tyydyttäköön miehensä ja täyttäköön maan eli jumalan valtakunnan. Toisaalta ei naiset kauheasti jaksa seksistä nauttiakaan, kun tuloksena on aina raskaus. Ehkäisy on syntiä. Perhesuunnittelu on syntiä. Naiset ottavat vastaan jokaisen lapsen, huolimatta ovatko siihen henkisesti ja fyysisesti valmiita. Kuinka monelle lapselle vanhempi kykenee olemaan henkisesti läsnä? Sehän pitäisi jokaisen naisen miettiä etukäteen.

- Siellä uskonyhteisössä ei tarvitse miettiä. Sehän on tuttua meille molemmille. Naiset pidetään tässä systeemissä niin tiukoilla. Terveydellisesti vähintään lievässä synnytyksen jälkeisessä depressionkaltaisessa tilassa, jolloin heillä ei ole omaa tahtoa tai se tahto ei vaan toimi.

- Niin, että tahto herättäisi terveen pelastautumisen tai kuntoutumisen tarpeen, jonka jokainen normaalisti synnytyksestä toipuva äiti kokee.

- Äidit eivät yksinkertaisesti jaksa, uskalla tai ymmärrä ajatella, että heillä on vastuu lastensa terveestä tasapainoisesta kasvusta lasten aikuisuuteen saakka ja senkin jälkeen. Eikä sitä kyllä ymmärrä moni isäkään.

- Jokaisen vanhemman vastuu on antaa lapselleen ja lapsilleen henkinen, fyysinen, taloudellinen ja sosiaalinen turva, suoja ja rakkaus.

- Kyllä, näin pitäisi olla. Siinä uskonyhteisössä lapset ovat yhteisön. Siellä luotetaan jumalalle tämä vastuu ja käytännössä uskotaan vastuunkantamisen toteutuminen siihen, että lapsi ja lapset saatetaan yhteisöllisyyteen kasvamaan ja oppimaan ideologiaa. Jumalan valtakuntahan kasvaa sisältäpäin.

- Tästä ideologiastahan saarnataan myös seuroissa, joissa kaikenikäiset kuuntelevat saarnoja. Muistatko keskeisen idean?

- Muistan hyvinkin. Tyypillinen saarna sisälsi sen aina: "jumalan valtakunnan ulkopuolella on paha ja kaikkinainen hyvä on vain ja ainoastaan jumalan valtakunnassa sisällä. Jumalan valtakuntia on vain yksi. Yksi herran huone. Yksi usko. Yksi seurakunta. Yksi jumala. Vain me tässä uskossamme pelastumme, sillä meillä on raamatun mukainen evankeliumi. Jeesuksen nimeen saarnataan ja uskotaan kaikki synnit anteeksi. Meillä on siis taivasten valtakunnan avaimet. Tässä on jumalan valtakunta. Jumalan valtakunta kasvaa sisältä päin."

- Juuri noin se meni, muistit hyvin Anna-Loviisa. Olet näköjään kuunnellut saarnoja. Siinä uskonyhteisössä opetetaan, että on vain yksi jumalan valtakunta. Se tarkoittaa, että heidän seurakuntansa on heidän uskonyhteisönsä ja se on ainoa jumalan valtakunta. Silloin tämän yhden ja ainoan jumalan valtakunnan on tarjottava kaikkinainen apu sen jäsenille. Siellä opetetaankin, että kaikki herran lahjat on tässä valtakunnassa ja mitä apua seurakuntalainen ikinä tarvitseekaan löytää hän sen tästä valtakunnasta.

- Kyllä saarnoja on tullut kuunneltua melko monia vuosia. Niin ja jotta tämä uskomus saadaan istutettua seurakuntalaisiin, on järjestelmä hiottu viisaasti palvelemaan itseään.

- Se on hyvin järjestelmällistä ja tiheästi toistuvaa toimintaa. Se on uskonnollista kasvatusta, heidän äärikonservatiivisen uskonoppinsa istuttamista. Viikoittain toistuvaa jo syntymästä lähtien.

- Minusta siinä on pahinta se, että hengellinen kasvatus kohdistuu jo puolustuskyvyttömään lapseen. Se on aivopesua. Näiltä lapsilta poissuljetaan väkivalloin mahdollisuudet muihin elämänkatsomuksiin ja yhteiskunnan normaaliin elämään.

- Näinkin sitä voi kuvailla. Jo pienet lapset istuvat pyhäkouluissa opetusta kuulemassa. Kun tämä jatkuu vuosia ja lapset kasvavat isommaksi, he siirtyvät nuorisotyön piirissä oleviin raamattuluokkiin. Tarkoituksena on saada nuori sitoutumaan taloudelliseksi jäseneksi. Ja jäsenistöä koskee uskonyhteisön arvojärjestelmän mukaiset säännöt ja sanktiot. Ideologian kasvattaminen jatkuu aikuisuuteen ja elämän loppuun saakka. Nykyisin on jopa aikuisten raamattuluokkia. Lisäksi on vähintäänkin jokaviikkoiset seurat, sitten aluekohtaiset kotiseurat, nettiseurat, vanhustenpiirit, nuorten vapaa-ajantoimintaa, omat rippikoululeirit, kesäleirit ja viikonloppuleirit lapsille ja nuorille, aikuisille ja vanhuksille jne. On itsestään selvää, että seurakuntalaiset kasvavat kiinni seurakuntaan ja sen toimintaan. Lopulta siitä muodostuu koko elämä ja sen rakenne.

- Sehän siinä on se kauhistuttava piirre. Yhteisö kasvaa irti yhteiskunnasta. Yhteiskunnassa käydään vain töissä ja koko muu elämä tapahtuu uskomusjärjestelmässä. Siitä tulee pelastava jumalan valtakunta, jonka ulkopuolella on helvetti. Ulkopuoliset ihmiset ovat pahoja, joita pahuus ohjaa. Vain omat lait ovat päteviä. Yhteiskunnan lait tuntuvat vierailta. Eikä kaikki tiedä perusoikeuksiaan. Tämä mahdollistaa hyvinkin ääriajattelun ilmiöt. Ja yhteisössä korostetaan omien jumalan lakien menevän yhteiskunnan lakien edelle.

- Niin se tekee, ääriajattelua on paljon. Ja vahvaa. Niin minäkin ajattelen. Hengellinen aate kasvatetaan kiinni ihmiseen ja samalla kasvatetaan kiinni pelko. Mikäli seurakuntalainen ei käyttäydy tai ajattele saman kaltaisesti kuin arvojärjestelmä vaatii, hänet erotetaan, hyljätään. Uhataan helvetillä, uhataan sosiaalisella hylkäämisellä. Tässä kontekstissa asuu teennäinen lähimmäisestä välittäminen, joka on kontrollia. Se on tyypillistä kaikille sulje-tuille tai hyvin tiiviille yhteisöille.

- Tällaisissa tiiviissä ja suljetuissa yhteisöissä elää arvojärjestelmä, jossa fyysinen, henkinen, hengellinen ja sosiaalinen väkivalta pääsee toimimaan kasvottomasti ja tarpeen tullen väkivalta kyllä näyttää myös kasvonsa. Se on se, minkä minä olen nahoissani kokenut. Ja monet ystävistäni. Väkivalta oli oikeutettua ja siihen on pakko alistua, kunnes on fyysisesti kyllin vahva vastustamaan aikuisia. Jos on koskaan. Vain harvat ovat. Helena, minun tulee paha olla, kun ajattelen tätä.

- Anna-Loviisa, tilataanko toiset kahvit ja jotain suolaista syötävää.

- Tilataan vaan, se tekisi hyvää. Tämä on hyvä keskustelu. se jotenkin kokoaa menneisyyden raameihin. Kun näin täydennämme toistemme ajatuksia samojen kokemuksien pohjalta, menneestä elämästä tulee kokonainen. Selkeästi raamitettu elämä, josta olemme poistuneet. Olemme siirtyneet toiseuteen, joka ennen oli helvetti. Ja kun astuimme rajan yli, löysimmekin armon helvetin sijaan. Minusta on hyvä vielä jatkaa keskustelua.

- Niin minustakin. Käyn tilaamassa meille jotain. Tuletko mukaan.

- Tulen.

***

- Hei, haluamme jotain suolaista syötävää.

- Meillä on tarjolla kinkkupiirakkaa ja kasvis-fetapiirakkaa.

- Minä otan sen kasvis-fetan ja ison kupin vihreää teetä. Kiitos.

- Ja minä otan kinkkupiirakan ja ison kupin kahvia. Kiitos.

- Maksetaanko erikseen?

- Kyllä, maksetaan erikseen.

- Kasvis-fetapiirakka ja iso kuppi teetä... kymmenen euroa. Kinkkupiirakka ja iso kahvi... kymmenen ja puoli euroa.

- Tässä minulta.

- Ja tässä minulta.

- Kiitos. Tuon teille pöytään hetken kuluttua.

- Tosi paljon kiitos. Me ollaan tuolla yläkerrassa.

***

Helena kävelee jyrkät raput edeltä. Anna-Loviisa liu'uttaa kättään tapetin pintaa pitkin. Se tuntuu yhä silkkiseltä. Anna-Loviisa menee raput ylös silmät suljettuina. Hän melkein tuntee äidin tuoksun. Anna-Loviisa tarttuu hetkeksi tuohon mielikuvaan. Olemattoman pieni siivu positiivista äitiä. Ystävykset istuvat pöytään ja muutaman minuutin kuluttua kahvilanpitäjä tuo heidän tilauksensa. Hopeatarjottimella tietenkin. Hän kokoaa edelliset hopeatarjottimet ja tyhjät astiat ja vie ne mennessään. Anna-Loviisa siemaisee nautinnollisesti vihreää teetään. Helena hörppää kunnon hörppäyksen mustaa kahviaan. Juttu jatkuu.

- Kaikki ei kuitenkaan koe järjestelmää painostavana. Mikä meitä ihmisiä erottaa, kun toiset kokee ja toiset ei. Mitä sanot siihen Helena?

- Järjestelmän toiminta ei välttämättä kaikille tosiaankaan tunnu alistamiselta ja painostukselta. Se voi oikeasti ihmisestä tuntua jumalan lempeältä ohjaukselta ja oikeutetulta käyttäytymiseltä, mikäli henkilökohtaiset arvot kohtaa järjestelmän arvojen kanssa yksiin.

- Sellaiset ihmiset eivät koe uskonyhteisöä järjestelmäksi. Se on heille uskon koti. Ovatko he kasvaneet kiinni siihen elämänkulttuuriin? Ja ovat onnellisesti sokeita kaikelle raadollisuudelle. Onko aivopesu heidän kohdallaan onnistunut? Minä arvostan heitä ja heidän uskoaan. Mutta sitä minä en arvosta, jos tieten tahtoen suljetaan silmät väkivallalta. Minulla sellaisesta nousee ihan jokainen ihokarva pystyyn.

- Minun tulee mieleen sana uhriutumisen syndrooma. En oikein osaa sanoa Anna-Loviisa, onko se hyvä vai ei.

- Toisaalta, on se sitten tiedostetun tai tiedostamattoman aivopesun tuloksena syntynyt psykologinen uhriutumisen syndrooma. Hehän ei itse koe olevansa uhreja tai aivopestyjä. Ennen heräämistään. Minä uskon, että jokainen herää. Useimmat niin vanhoina, etteivät enää välitä ilmaista muutostaan. He arvostavat sosiaalisia suhteita ja pitäytyvät yhteisössä siksi. Tunsitko tällaisia ihmisiä?

- Tunsin. Ja joka tapauksessa kontrolli on elinikäinen. Vaatii taitoa olla hiljaa heräämisestään.

- Niin minäkin tunsin näitä ihmisiä. Keskustelin monien kanssa. Minusta se on jotenkin surullista, mutta yhteisöön jääminen oli heidän päätöksensä. Mutta he ymmärsivät irtiottoprosessini ja kannustivat minua olemaan rohkea.

- Palataan vielä siihen seksuaaliseen voimaan.

- Palataan vaan. Tarkoitat tuon konservatiivisen herätysliikkeen olevan patriarkaalinen järjestelmä, jonka arvojärjestelmässä hengellistetään miehinen seksuaalinen voima oikeutetuksi vallan käytöksi hallitsemaan jäseniään ja heidän jälkikasvuaan.

- Kyllä. Todellisuudessa se on hallitsematon seksuaalivoima, joka valjastetaan hyvin määrätietoiseen jumaliseen järjestelmää ylläpitävään kontrolloivaan valepukuun.

- Olen samaa mieltä. Olen kokenut sen voimakkaasti. Näkyvimmin tällä valepuvulla hallitaan naisten ja tyttölasten käyttäytymistä keinolla millä hyvänsä. Ei anneta terveen naiseuden kehittyä tai sitten rikotaan se tieten tahtoen.

- Tämä uskonyhteisön sisällä toimiva voimahan on sen järjestelmän sisäinen kirjoittamaton laki. Joka todellisuudessa on ristiriidassa yhteiskunnallisten uskonnonvapauslain ja yksilön itsemääräämisoikeuden kanssa.

- Kyllä, koska se rajoittaa yksilön vapautta valita oman elämänsä ratkaisut. Ja määrätä omasta kehostaan. Olin pitkään rikkinäinen. Tein todella paljon terapiassa töitä, että sain työstettyä terveen naiseudenkuvan itseeni ja ymmärsin omien tarpeiden tärkeyden, oman itseni arvon.

- Tiedän sen olevan rankkaa. Omasta kokemuksesta. Mutta me selvisimme siitä Anna-Loviisa

- Se työ kyllä kannatti.

- Kuitenkin uskonyhteisössä vedotaan siihen, että yksilöllä on täysi vapaus halutessaan irrota yhteisöstä ja järjestelmästä. Onko se totta, sanoisin ei. Siis näin selitetään ulkopuolisille ja toisaalta myös niille, jotka kritisoivat painostusta lähtiessään.

- Kyllä näin on, näinhän siellä sanotaan. Mutta kuinka monelle irrottautuminen on ensinnäkään mahdollista kokonaisen elämänmittaisen aivopesun jälkeen. Kun syntyy siihen järjestelmään ja elää siinä, ei voi edes tietää muista mahdollisuuksista.

- Ja niille ketkä irtautumiseen halutessaan kykenevät, heidänkin on kestettävä eroamiseen liittyvät painostuskeskustelut. Rituaalit.

- Eli ei se ihan vapaaehtoista ole se vapauteen lähtö. Ei todellakaan. Yksilöiden kohtaloksi jää useimmiten pelastautua yksin. Toisaalta se on henkilökohtainen tehtäväkin. Mutta tukea siihen tarvitsisi, ainakin korvia.

- Ei kirkkokaan kykene auttamaan. Irrottautuminen on kuitenkin selkeä pelastus, se kyllä tarvitsee rohkeutta ja voimaa ja sitä edeltää usein pitkä ristiriitainen ja tai itsetutkiskelun aika.

- Yhteisöhän korostaa, ettei ole hyvä ajatella yksin. Siksi irtautumiseen liittyvä ajatustyö on tehtävä hyvin henkilökohtaisesti ja todella yksin, ettei joudu liian traumatisoivien painostus-metodeitten kohteeksi. Tämän vuoksi toiset riuhtaisevat itsensä nopeasti irti, toiset taas tekevät irtautumisen matkaa vuosia ja vuosikymmeniä. Vähän niin kuin sinun ja minun irtautumistavat. Tapa irtautua on hyvin persoonakohtainen, itsetuntemukseen ja itsensä arvostamiseen pohjautuva prosessi. Ulkopuolisen on vaikea ymmärtää, kuinka oravanpyörästä putoaminen sattuu ja vahingoittaa ja kuinka tavallaan eri planeetalta me irtautujat tulemme normaaliarkeen ja elämään.

- Eikä yhteiskunnan päättäjät ja kirkon johto ymmärrä, että yksilöiden vapaaehtoisuus olla uskonyhteisössä ja arvojärjestelmässä voi olla seuraus elinikäisestä aivopesusta. Siksi yhteisöstä irtautujan on niin vaikea saada apua edes jälkikäteen.

- Mitäs sanot tähän? Onko salaisten hoitokokouksien pitäminen sallittua vai onko se eettisistä syistä rikos?

- Ne painostuskeskustelut ja hoitokokoukset ovat usein hyvin raakaa henkistä alistamista, suoranaista vammauttavaa henkistä väkivaltaa. Ei todellakaan eettistä. Lakia en tunne niin tarkkaan, että osaisin sanoa, löytyykö rikokselle laillista perustetta. Minusta se on rikos ja varmasti laki-ihminen löytäisi jotain perustetta pykälistä.

- Ainakin uskonnonvapauslain tai tasa-arvoisuuden näkökulmasta kaikilla on oikeus päättää omista henkilökohtaisista asioistaan ja toiminnoistaan ja siitä, miten uskoo? Tähän näkökohtaan vedoten asiasta saadaan hyvinkin rikos.

- Kyllä, olet oikeassa. Tuostahan Suomen perustuslakikin jotain sanoo, yksilönvapauden rajoittamisesta. Toisaalta kukaan ulkopuolinen ei voi ymmärtää, että Suomessa sellainen väkivalta on mahdollista. Tätä ei edes kirkko ymmärrä, minkälaisessa lie'assa sen oma herätysliike pitää omiaan. Hoitokokouksia ja -tilaisuuksia ei pysty ymmärtämään kuin kokemuksen kautta. Ne ovat todella henkisesti vammauttavia. Miten teologisesti kouluttautuneet papit voivat sulkea silmänsä ja rehellisesti sanoa kuuluvansa siihen uskonyhteisöön sekä uskovansa sen arvojärjestelmän mukaisesti? Ja samanaikaisesti tehdä työtehtäväänsä tällä vakaumuksella luterilaisessa kirkossa? Entä hyväksyä syntien anteeksiantamisen ja anteeksiannon pidättämisen ihmisen vastuulle?

- Minulla ei ole sinulle vastausta. Samat kysymykset pyörivät minun päässäni. Mielenkiintoista on, kuinka kauan Suomen Evankelisluterilainen kirkko ja yhteiskunta katsoo läpi sormien vanhoillisen herätysliikkeen omaa lakikäytäntöä. Tosin monella paikkakunnalla on pyydetty kirkkoa puuttumaan räikeisiin epäkohtiin, mutta yksityistä herätysliikkeen yhteisöön kuuluvaa yksilöä harvoin kyetään auttamaan. Tai edes tukemaan.

- Minäkin tiedän, että kirkolta on pyydetty puuttumista hoitokokouskäytänteihin.

- Tiedätkö, onko niihin puututtu?

- Ainakin yhdellä paikkakunnalla Etelä-Suomessa uskonyhteisön johtokunta joutui keskusteluun kirkon johdon kanssa. Ei se mitään auttanut. Tai seuraus oli melko karu, mutta odotettavissa. Seurakuntalaiset joutuivat vieläkin tiukemman kontrollin alle. Mutta sen tapauksen jälkeen uskonyhteisö menetti muutaman jäsenen. He lähtivät.

- Vähän uumoilin, että siinä varmasti kävi niin. Lopulta tilanne kuitenkin kannatti tehdä kirkolle näkyväksi. Ja ne muutamat pääsivät vapaaksi.

- Totta.

- Uskonyhteisö on valitettavasti oma järjestelmällinen maailmansa omine lakeineen yhteiskunnan ja kirkon sisällä. Sen toimintaan on hyvin vaikea puuttua. Siihen maailmaan vapaaehtoisesti kuuluvat jäsenet eivät miellä käyttäytymistä ja elämänkatsomusta sääteleviä ohjeita laeiksi ja määräyksiksi, vaan kokevat ne jumalansa asettamaksi hyväksi. Ja he puolustavat hyvin hanakasti näitä käytänteitä.

- Se on paradoksaalista. Kyseiseen herätysliikkeeseen kuuluminen voi olla taivas maan päällä tai neutraali myrskynsilmässä oleminen tai tulenkatkuinen helvetti.

- Hyvin sanottu Helena. Täytyyhän olla jokin liima, mikä pitää herätysliikkeen koossa.

- On varmaan montakin liimaa. Pohditaanpas sitä. Yksi on raha.

- Totta. Raha pitää sitä kasassa, tai rahan tarve ja rahan valta. On rakennettu paljon näyttäviä kalliita fyysisiä tiloja, joiden rahoitus tulee vapaaehtoistyön kautta. Vapaaehtoistyö muuttuu pakolliseksi vapaaehtoistyöksi. Jäsenet sitoutetaan konkreettiseen seurakunnan työhön. Sitä perustellaan sillä, että he tuntevat itsensä arvokkaiksi jumalan työmiehiksi.

- Kun tekee työtä yhteisön eteen, saa palkaksi yhteisöllisyyden tunteen. Onkohan se aina noin? Oma kokemukseni oli kyllä yhteisöllisyyden tunne, se oli hieno tunne kuulua johonkin. Sillä tunteella oli toinenkin puoli, se oli orjan mieli. Se oli taas hyvinkin kuormittava tunne. Oma arvomaailma oli sopeutettava yhteisön arvoihin ja elettävä niin. Yhteisö oli aina ensiarvoisen tärkeä, sitten vasta perhe ja viimeksi yksilö. Minä en kyennyt siihen, Anna-Loviisa.

- En minäkään. Yhtäkkiä lapsikeskeisessä arvojärjestelmässä voitiinkin lapset syrjäyttää ja nostaa tärkeämmäksi rahaan sitouttava vapaaehtoistyö. Mietin usein, oliko talkoovaatimus vapaaehtoista pakkotyötä vai pakollista vapaaehtoistyötä? Varsinkin silloin, kun perheen lapsilta vaadittiin äiti tai isä tai molemmat talkoisiin? Lähestyttiinkö siinä taloudellisen hyödyn tavoittelulla ihmiskaupan piirteitä? Talkoisiin oli aina lähdettävä omalla vuorollaan. Lapsillahan on Suomen maassa oikeus turvaan ja vanhempiinsa. Mutta lapset jätettiin usein keskenään, koska molemmat vanhemmat osallistuivat talkoisiin. Lapset hoitivat toisiaan, heti kun kynnelle kykenivät. Kahdeksanvuotias saattoi hoitaa kuusi nuorempaansa koko pitkän illan. Se oli ihan normaalia. Vanhemmille ei annettu oikeutta antaa lapsilleen turvallista kasvuympäristöä ja taata sitä? Vanhemmat eivät saaneet kantaa vastuuta lapsistaan. Minusta se oli rikos. Olin tästä aikoinaan hyvin vihainen. Muistan aina, kun tein miljoonannen kerran lähtöä talkoisiin, poikani sanoi: "äiti, eikö me lapset merkitä sulle ja iskälle mitään? Meneekö yhteisö aina edelle?" Se pysäytti. Sanat iskeytyivät aivoihini jysähtäen. Istuin silloin lattialle ja otin lapseni syliini. Itkin ja halasin häntä. Kiitin häntä minun pysäyttämisestä tärkeän asian ääreen. Pidin seurakunnassa monia puheenvuoroja aiheesta. Ja yhtä monesti istuin niiden vuoksi johtokunnan puhutteluissa, koska en hyväksynyt jumalan toimintaa oikeutetuksi. Kuuntelin kuitenkin enemmän omaa kahdeksanvuotiasta lastani ja itseäni kuin johtokuntaa. En mennyt enää talkoisiin. Minusta tuli vastarannan kiiski.

- Onhan se jo WHO:n määrittämä lapsen oikeus. Ja lisäksi yhteiskunnalliselta kannalta kulttuurillinen vanhemman velvollisuus. Muistan sinun puheenvuorosi. Monet perheet olivat kiitollisia rohkeudestasi. Muistan myös, että kukaan ei tukenut sinua ääneen. Ei kellään ollut rohkeutta. Ei minullakaan. Mutta totta. Ne olivat hyvinkin rahaan ja valtaan perustuvia toimintoja. Toki seurakunnat antoivat vastineeksi lapsi- ja nuorisotyön ohjelmaa, seurakokoontumisia, keskustelutukea, mutta ne kaikki pyörittivät hengellistä järjestelmää, kasvattivat liimaa jäsenten ja järjestelmän välille.

- Opettivat omaa uskonoppia, pyörittivät rahaa omaan toimintaansa ja omaa toimintaansa jäsentensä vapaaehtoistyön panoksella. Mielestäni siinä käytettiin todella paljon väärin jumalan antamia valtuuksia, jumalan nimeä.

- Lapset olivat pelinappuloita, jotka uhrattiin järjestelmälle. Järjestelmä palveli itseään jumalan nimissä.

- Sitten vahva liima oli myös henkilökohtaisen uskon sulauttaminen yhteisön uskoon. Saarnoissa korostettiin aina yksimielisyyttä.

- Niin korostettiin. Minulla on samat kokemukset kanssasi. Suomessa on satatuhatta samaan uskoon kuuluvaa ihmistä. Miten heiltä kaikilta voi vaatia yksimielisen saman uskon. Mahdotonta. Henkilökohtainen usko ei voi koskaan olla sama kuin yhteisön usko. Eikä yhteisöllä uskoa voi ollakaan, se on vain arvojärjestelmä, jonka sisällä yhteisön jäsenet voivat tuntea yhteenkuuluvuuden arvopohjansa tai yhteistoiminnallisuuden vuoksi.

- Henkilökohtaisuus uskossa on yksilön omaa, sisäistä, aitoa ja hyvin haavoittuvaa sisimmän olemusta.

- Henkilökohtaisuus syntyy henkilön oman elämän elämänkulttuurin arvomaailmasta, elämänhistoriasta, omista arvoista ja ihmiskäsityksestä. Parhaassa tapauksessa yksilön usko saa vahvistusta ja turvaa yhteisössä. Missä tahansa yhteisössä voidaan korostaa yksimielisyyttä, mutta henkilökohtaiseen uskoon sitä ei voi ulottaa ja edellyttää, arvojärjestelmän arvoihin taas voi.

- Käsitteet eivät kovin usein ole selkeitä yhteisöjen jäsenille. Ei ollut minullekaan. Minun käsitykseni oli jo lapsesta kieroutunut ankaran ja aggressiivisen hengellisen kasvatuksen seurauksena ja sen vuoksi myös käsitteet olivat hukassa. Elin kaaoksessa hetki kerrallaan, ymmärtämättä selkeästä kokonaisuudesta yhtään mitään.

- Tämähän on luonnollista kaikissa tiiviissä yhteisöissä. Sinne syntyneet lapset eivät voi hahmottaa kokonaisuutta, tulevaisuuttaan ja sitoutumistaan, ennen kuin ovat mahdollisesti joskus irti kyseisestä yhteisöstä.

- Ja kykenevät vasta etäältä näkemään sen toiminnan ja sitoumuksen vaatimukset.

- Yhteisöjen sisällä lapset kasvavat hetki kerrallaan. He etenevät riitistä toiseen, siirtyen kantamaan vastuuta ymmärtämättä sen todellista laajuutta, merkitystä ja seurausta.

- Helena, kun näköalaa ei anneta, niin se on valitettavasti ainoa kasvun tie. Minulta meni vuosikymmeniä aikaa yksinkertaiselta kuulostavan henkilökohtaisen uskon merkityksen ymmärtämiseen tiukan yhteisöllisyyden keskellä kasvaen ja eläen. Ristiriidan oman uskoni ja yhteisön arvomaailman välillä tunsin aina, jo hyvin pienestä lapsesta lähtien. Oli valtavan kova työ työstää arvot, asioiden merkitys ja terminologia uudelleen, jotta sain jonkinlaisen selkeän kuvan, mistä kaikessa on kysymys ja haluanko siihen osallistua vai en. Kaikki henkilökohtaisuus uskoa myöten pyrittiin järjestelmän puitteissa jumalan nimissä alistamaan, murentamaan ja rikkomaan. Minun kohdallani se oli pitkä vuosikymmenten prosessi sisäisen äänen kutsua kuunnellen vaihe kerrallaan. Minulla oli halu säilyttää omakohtainen usko, tuntea vahva kallio jalkojeni alla. Ja olla rehellinen itselleni.

- Anna-Loviisa, sinulla vei siis aikaa nähdä ristiriidat ja ymmärtää niiden perusta, huomata kulissit ja hyllyvä maa jalkojesi alla. Se on luonnollista.

- Vei todella aikaa, kunnes rohkenin huomata, että usko on minussa, jumaluus on minussa ja kaikkialla.

- Sydämestä sydämeen kulkee rakkaus.

- Vei paljon aikaa ymmärtää, että henkilökohtainen uskoni ei ollutkaan koskaan ollut samanlainen yhteisön opettaman uskonkäsityksen kanssa. Se toki oli samankaltainen joidenkin yhteisöön kuuluvien kanssa ja joidenkin sinne kuulumattomien. Minun oma yhteisöni oli rajan molemmin puolin. Vasta jälkikäteen käsitin, että on sisäsyntyistä ja ulkoapäin ohjautuvaa uskoa.

- Hei, tuo oli hyvä oivallus. Toisilla on sisäinen kutsumus, joka ohjaa elämää ja usko sen kaltainen. Toisilla, joilla sisäistä kutsumusta ei ole tai jotka sitä eivät rohkene kuunnella, he tarvitsevat tai haluavat ulkoisen opintien.

- Juuri noin. Minulta vei aikaa uskaltaa oikeasti katsoa, että uskon tien määrite ei olekaan nimellinen ja yhteisöllinen. Se olikin lopulta hyvin vapauttava kokemus.

- Minulla taas oli oma henkinen kamppailuni ennen irtautumistani. Koin, että oma usko on väkisin sopeutettava yhteisön arvojärjestelmään, jolloin oman uskon henkilökohtaisuus hukkui ja hävisi. Ajattelin, että jos onnistuisin sopeuttamisessa, kykenisin ehkä elämään tasapainoista elämää. Luulin siis kykeneväni. Puhuin tästä silloin mieheni kanssa. Hän ei ymmärtänyt ongelmaani silloin. Hän jäi herätysliikkeeseen minun lähdettyäni. Avioeron jälkeen hänkin irtaantui yhteisöstä. Siellä ei ole tilaa eronneelle. Jälkikäteen hän kyllä ymmärsi pohdintojani. Hän jopa täydensi niitä sanomalla: "lopultahan ihminen itse hukkuu ja häviää yhteisöllisyyteen. Pelastus kuitenkin perustui henkilökohtaiseen uskoon. Siinähän on vissi ristiriita." Hän heitti minulle kysymyksen: "Eikö pelastuksen mahdollisuus silloin katoa, kun henkilökohtaisuus uskosta katoaa?"

- Mitä vastasit?

- En osannut vastata. Tai en osannut asettua hänen saappaisiinsa. Olin jo niin kaukana. Mutta jatkoin hänen ajatustaan. Kaikesta tulee silloin rutiinia, tapakristillisyyttä, ulkokullaisuutta. Todellinen rakkaus häviää, jos sitä koskaan on edes saavutettu.

- Melko laajasti kattava vastaus tai päätelmä. Hyvä Helena. Tuossa rakkauden puuttumisessa voi ollakin yhteys henkilökohtaisuuden puuttumiseen uskossa. Ihmisenhän täytyy kokea itsensä kokonaiseksi omaksi itsekseen tunteakseen mihin itse päättyy ja mistä toinen alkaa. Rakkaus tarvitsee tuon lähtökohtaisen tilan. Mikäli henkilökohtaisuutta ei ole, niin silloinhan itsen raja on yhtä kuin yhteisön raja. Rakkauden lähde häviää ja tulee toiminnallisuus tilalle.

- Pääsitkin mielenkiintoiseen pohdintaan. Tarkoitatko tässä nyt eriytymistä ja sopeumaa eli sulautumista.

- Kyllä. Yksilö ei ole yksilö ilman eriytymistä tai ilman yksilöitymisen tai eriytymisen tarvetta.

- Toisin sanoen ei ole yksilöä, jos on sopeutunut eli sulautunut yhteisöönsä ja sen arvojärjestelmään. On tosin voinut olla yksilö yhteisöön tullessaan. Jos taas on syntynyt yhteisöön, on syntynyt sulautuneena.

- Tämähän on mielenkiintoinen näkökulma ja antaa paljon vastauksia monille kysymysmerkeille. Silloin on yhtä yhteisön kanssa, eikä yksilöllistä näkökykyä ole.

- Ja samaistuminen yhteisön arvojärjestelmään on rajaton. Ajatus jatkuu... Voiko tällöin tietoisesti nähdä tuhoavaa ja/tai rakentavaa voimaa yhteisön ja arvojärjestelmän sisällä?

- Sanoisin, että yhteisönä voi.

- Tarkentaisin sinua, Anna-Loviisa. Mikäli yhteisö haluaa ja kykenee uusiutumaan ja kasvamaan sisäisesti.

- Kyllä. Yksilönä sulautumisvaiheessa näitä tuhoavia voimia ei voi nähdä.

- Siitäkö yksinkertaisesta syystä, että henkistä yksilöä ei ole olemassa sulautumisvaiheessa?

- Näin ajattelisin. Silloin sulautuneena oleva näkee yhteisönsä sisällä paratiisin ja sen ulkopuolella helvetin, koska se on yhteisön näkemä näkymä.

- Voiko kukaan yhteisön sisällä nähdä tuhoavan ja rakentavan voiman? Mitä ajattelet siitä?

- Mehän voimme nyt ajatella. Kukaan ei kontrolloi meitä. Eläköön ajattelun vapaus!

- Jippii! Eläköön, eläköön, eläköön vapaus!

- Eriytymistarpeessa oleva yksilö tai jo eriytynyt yksilö näkee tuhoavan sekä rakentavan voiman läsnäolon. Eikö näin ole?

- On se noin. Yhteisöstä eriytyvä ei hyväksy tuhoavien voimien käyttöä ja haluaa siirtyä yhteisöstä pois säilyttääkseen henkilökohtaisen arvomaailmansa ja uudistaakseen sitä rakentavilla voimilla joko tiedostetusti tai alitajuntaisesti.

- Onhan yhteisöilläkin mahdollisuus kasvaa, kehittyä, uudistua ja kohota korkeampaan todellisuuteen?

- On toki, mutta se on niin näkymättömän hidasta tai sitä ei haluta. Tiiviit yhteisöt usein haluavat pitää perinteisistä rakenteistaan kiinni.

- Valitettavasti. Näin on paljolti meidän entisessä uskonyhteisössä. Toisaalta maailmankehitys murennuttaa tämänkin arvojärjestelmän huomaamatta. Ja muutkin tiiviit yhteisöt. Koska ne jäävät niin kauaksi maailman kehityksestä, eivätkä enää yksinkertaisesti voi toimia.

- Tuo on kyllä totta. Varsinkin nyt someaikana. Kuitenkin yhteisöjen sisällä syntyneet ihmiset kasvavat erilaisten siirtymäriittien kautta arvojärjestelmään tiukasti kiinni. Somesta huolimatta. Ihan niihin rakenteisiin saakka. Se luo jatkuvuutta ja ehkä joillekin turvallisuuden tunteen.

- Yhteisöihin joko synnytään tai sinne hakeudutaan elämän erilaisissa kriisivaiheissa.

- Toisaalta yhteisöt antavat hyvän turvapaikan myös psyykkisesti kieroutuneille, narsisteille tai muuten henkisestä vallankäytöstä kiinnostuneille. Siitä syntyy pahat rakenteet. Vallankäyttö. Toisaalta, myös aggressiiviset kasvatusmallit luovat kieroutuneisuutta.

- Yhteistä kaikille sinne hakeutuville on kuitenkin turvattomuus ja tarve henkiselle suojalle. Niillä narsisteillakin.

- Näin on. Ja kun suoja on saavutettu, sitä on tarve lujittaa. Tällainen suojan vahvistamisen tarve tulee rikkoutumisen pelosta.

- Siis itse ongelma onkin pelko. Ja se on kiedottu arvojärjestelmään "turvaan". Rakenteisiin piiloon. Hyvä oivallus, Anna-Loviisa.

- Pelko taas voittaa usein uudistumisen ja kehittymisen tarpeen.

- Se on valitettavaa. Uskonyhteisön ydinajatus on keskeneräisenä pysyminen, siinä sokeana oleminen.

- Se on surullista. Keskeneräisyyden hyväksyminen niin, ettei siitä ole poispääsyä, ei kehittymisen mahdollisuutta kohti parempaa huomista.

- Jos henkistä valtaa on tarve käyttää, niin yhteisöistä löytyy aina niitä, joihin vallan voi kohdistaa. Sekin on surullista.

- Tai hyvin kouluttautuneena voi hallita jopa koko järjestelmää. Narsistisesti. Ihan puistattaa. Siellähän mentiin niinkin pitkälle, että johtokunta puuttui yhteisön jäsenten henkilökohtaisen omaisuuden käyttöön. Vapautettiin takausvelvollisia vastuistaan ja vieritettiin näitä taloudellisia vastuita toisille. Ja painostettiin dementtivanhuksia testamenttaamaan omaisuutensa uskonyhteisölle.

- Puistattaa minuakin. Sehän oli sellaista siellä. Taidetaan tuntea samat tapaukset. Kyllähän kaikki tiesivät, muttei kellään ollut rahkeita nostaa meteliä. Sinäkin olit silloin niin nuori, muuten varmaan olisit nostanut älämölön.

- Olisin. Hyvin sinä minut tunnet. Pidin meteliä asioista vasta vanhempana.

- Sitä minä monesti ihmettelin, että sietivät sinua, Anna-Loviisa. Eivät heittäneet ulos.

- Etkö tiennyt totuutta, Helena. Minä en ollut maksava jäsen. Porukassahan sai olla maksamattomatkin. Maksamattomat eivät saaneet äänestää vuosikokouksissa, mutta heitä ei myöskään voinut osoitella kaikilla sanktioilla. Mutta lukemattomissa puhutteluissa minä istuin. Niistä ei maksamatonkaan jäsen säästynyt. Kyllä käännytyksiin oli osallistuttava.

- Ahaa. Tuo selittää paljon. Itse en sitä älynnyt tehdä, siis luopua maksullisesta jäsenyydestä. Mutta palataan johtaviin vallankäyttäjiin. Narsistinen johtaja tai vallankäyttäjä on kuitenkin eriytynyt yksilö yhteisön sisällä ja haluaa säilyttää yhteisen tiiviin arvojärjestelmän itsensä suojana estäen sen uusiutumisen tai hajoamisen.

- Kyllä. Ja käyttää hyväkseen yksilöä tuhoavia voimia.

- Nämä vallankäyttäjät ovat niin taitavia, että saavat toiminnallaan ja suunnitelmallisella järjestelmällä yhteisön jäsenet uskomaan järjestelmään ja toiminnan mielekkyyteen.

- Vallankäyttäjät onnistuvat saamaan terveen yhteisöllisyyden uusiutumisen pysähtymään tai jopa taantumaan. Heillä on taito ja tahto siihen.

- Siksikö, että heillä on ymmärrys ja näkökyky nähdä yhteisöä uudistava voimavara, joka on syytä tuhota ajoissa.

- Näin minä ajattelen. Näin tuhoavat voimat valjastetaan jumalan antamiksi ohjeiksi ja väkivalta naamioituu oikeutetuksi toiminnaksi yhteisön, perheiden ja yksilöiden elämässä.

- Päästiin siis uuteen liimaan. Pelkoon.

- Kyllä. Se on hylätyksi tulemisen pelko. Hyvin syvällä oleva liima. Ja tehokas.

- Muistan oman pelkoni hyvin elävästi. Sosiaalisesta tiiviistä yhteisöstä hyljätyksi tulemisen pelko. Pelko, joka oli hengellisen kasvatuksen ja ohjauksen tuotos.

- Minäkin muistan tuon. Sitä ei voi unohtaa. Hyljätyksi tulemisen pelko on liima, joka pitää kiinni järjestelmässä tiukasti.

- Pelko pidetään yllä koko ajan järjestelmän kaksinapaisella kontrollilla. Olla samanaikaisesti kontrolloitu ja kontrolloija.

- Tästä saarnattiin hyvin usein. Ja perusteltiin sillä raamatun kohdalla, jossa kysyttiin: "olenko minä veljeni vartija".

- Uskonyhteisössä korostetaan vastuuta.

- Niin yhteisövastuuta. Se tarkoittaa, että jokainen yhteisön jäsen käyttäytymisellään antaa kuvan uskonyhteisöstä. On uskonyhteisönsä sataprosenttinen edustaja. Jos yksilön käyttäytyminen poikkeaa yleisestä arvojärjestelmän toimintatavasta, se rikkoo uskonyhteisön yhtenäisyyden kuvaa.

- Siksi kaikkea ja kaikkia seuraa näkymätön kontrolli. Uskonyhteisön kuvan rikkomisesta tai vääristämisestä joutui tekemään julkista parannusta. Joutui siis pyytämään anteeksi koko seurakunnan edessä.

- Kontrollia ei yhteisössä haluttu sanoa kontrolliksi, vaan se oli jumalan rakkautta. Lähimmäisestä huolehtimista, ettei kukaan joudu sielunvihollisen tielle.

- Eikö ole hirveää, Anna-Loviisa?

- Kuinka se tuntuukaan pahalta nyt. Pelon voima on se liima, millä äärikristillisyydessä liimataan ihmiset yhteisöön. Vanhoillisen uskonyhteisön arvojärjestelmässä liimataan ihmiset kontrollin alla järjestelmän elämänmuotoon ja samalla heistä tulee kontrolloijia.

- Se on kaksinkertainen liima.

- Kyllä. Kontrolloitu hyljätyksi tulemisen pelko.

- Sosiaalisen yhteisön selän taakse joutumisen pelko.

- Kyllä. Pelkotilasta muodostuu psykologinen turva.

- Läheisriippuvaisuus.

- Pelko istutetaan alitajuntaan hyvällä tai pahalla.

- Pelko sitoo ihmiset yhteisöksi, toiminnalliseksi yhteisöksi, joka toimii ikiliikkujan tavoin, ajattelematta ja ikuisesti.

- Hyljätyksi tulemisen pelko tosiaankin synnyttää läheisriippuvuuden yksilön ja yhteisön keskinäiseen suhteeseen.

- Sekä yksilön ja/tai yhteisön ja järjestelmän keskinäiseen suhteeseen.

- Hirvittävän tehokasta liimaa.

- Huh, Anna-Loviisa. Pohditaanpa väkivaltaa.

- Pohditaan vaan. Haluatko aloittaa, Helena?

- Haluan. Voi, että tekee hyvää tämä keskustelu. Tämä kokemusten kokoaminen. Tällä on nyt kyllä rakentava tarkoitus, että molemmat tupsahdettiin tänne kahvilaan.

- Niin on.

- Aikuisen tehtävä oli saada lapset kunnioittamaan vanhempiaan, muuten ei olisi siunausta elämässä.

Kunnioittaminen tarkoitti alistumista aikuisen tahtoon. Mielipide-eroja ei hyväksytty. Aikuisetkin olivat tavallaan lapsia, uskonyhteisön lapsia. Yhteisön tehtävä oli saada aikuiset kunnioittamaan yhteisöä, muuten ei olisi taivaspaikkaa tiedossa. Kunnioittaminen tässäkin tapauksessa tarkoitti alistumista. Eriäviä mielipiteitä ei hyväksytty.

- Hyvä, minä jatkan. Hengellinen väkivalta, fyysinen väkivalta, henkinen väkivalta ja sosiaalinen väkivalta ovat ja toimivat lomittain, limittäin ja päällekkäin. Ei voida erottaa missä menee minkäkin väkivallan raja ja kuka siitä on vastuussa.

- Toisaalta raja on muuntuva ja häilyvä ja toisaalta täysin rajaton. Todellinen kaaos kuplassa, arvojärjestelmän rakenteissa.

- Vai onko se sittenkin järjestäytyneenä rakenteissa. Onko se jopa tiiviiden arvojärjestelmien rakenteisiin automaattisesti kuuluva osa vai onko se sulautuneena näihin rakenteisiin?

- Hyvä pointti. Mikäli väkivalta termitetään tuhon voimaksi ja yhteisöllinen hyvä rakentavaksi voimaksi, niin voidaan päätellä niiden molempien istuvan tiiviiden yhteisöjen arvojärjestelmissä niihin sulautuneena ja jatkuvasti läsnäolevana voimana.

- Hyvä Helena! Tästähän saadaan hyvä kokonaisuus. Tällainen rakenne pääsee toimimaan näkymättömästi missä tahansa tiiviissä yhteisössä, tässä tapauksessa meidän kokemassamme uskonyhteisössä.

- Näkeekö yhteisöön kuuluva yksilö tätä väkivallan ja vallankäytön tuhoavien voimien verkostoa yhteisönsä arvojärjestelmässä? Kuka näkee ja mitä näkee? Onko se omasta tilasta riippuvainen, siitä mihin on affinoitunut?

- Tästä me puhuttiin aiemmin ja päädyttiin juuri tuohon. Riippuu siitä mihin on affinoitunut. Olen yhä samaa mieltä.

- Tuhon voima näkyy väkivaltana. Järjestelmän tiiviys synnyttää väkivaltaa. Yhteisöväkivalta synnyttää perheväkivaltaa. Väkivalta on oikeutettu käyttäytymis- ja kasvatusmetodi, kun se tehdään jumalan nimissä.

- Yhteisöväkivalta on aivopesua. Hengellistä väkivaltaa. Se on eksklusiivista alistamista, nöyryyttämistä, naisen aseman polkemista.

- Mitä tarkoitat eksklusiivisuudella, Anna-Loviisa?

- Poissulkevaa, valikoivaa, äärimmäisyyteen menevää.

- Se oli minulle vieras sana. Mutta tosiaan, kyllä minullakin on tuo kokemus eksklusiivisuudesta.

- Naisen valjastaminen pelkoon valjastaa koko yhteisön toimimaan ja palvelemaan itse järjestelmää. Se on kätevää. Tämä tapahtuu pitkälti lapsi- ja nuorisotyön avulla, eri tilaisuuksien avulla, seurakuntapäivien avulla, yhteisöllisyyden avulla.

- Ja hoitokokousten avulla. Ne on kyllä todellista hengellistä väkivaltaa!

- Huh! Niin on! Aivan laitonta alistamista! Muistan niitä kokouksia. Huh! Se tapahtui usein uskonyhteisön toimitalolla. Siellä oltiin perheittäin. Pakotietä ei ollut tai oli sittenkin. Pakotie johti kesken tilaisuuden aina helvettiin. Jos kesti olla paikallaan tuntien ajan, helvetti oli poistunut ulko-oven takaa. Lapsena odotin hoitokokousten jälkeen, että pihassa olis helvetti valloillaan. Tulikiveä ja tuhkaa ja liekkejä ja sielunvihollinen! Ihmettelin, että olipa jumala nopea, kun loppuvirren aikana ehti koota helvetin pois.

- Kuulostaa nyt hirtehishuumorilta, mutta se oli karmivaa todellisuutta ja hoitokokouksia on vieläkin. Minäkin luulin lapsena, että helvetti näkyy ulkona. Potkin kengänkärjellä hiekkaakin, mutten koskaan löytänyt edes tuhkaa. En kyllä älynnyt ajatella, että jumala olisi sen jo ehtinyt poistaa.

Anna-Loviisa ja Helena nauroivat. Se oli kuitenkin totisinta totta ollut heille lapsena. Helvetin pelko. Jokapäiväinen helvetin pelko. Pelko, että kengät tarttuu tulikiviin kiinni, sulaa niin, ettei pääse kotiin.

- Nämä hoitokokoukset kiellettiin kyseisen herätysliikkeen keskusyhdistyksestä 2000-luvulla epäeettisinä. Muistatko sitä, Helena? Oikea farssi.

- Niinpä. Eihän ne mihinkään poistuneet käytännöstä. Hoitokokouksia ei enää 2000-luvun jälkeen kutsuttu hoitokokouksiksi vaan keskustelutilaisuuksiksi.

- Tai seurakuntapäiviksi. Niitä kohdistetaan uskonyhteisöjen seurakunnille ja näiden seurakuntalaisille sekä pienemmille ryhmille ja yksilöille. Vielä 2020-luvullakin. Tarkoitus on ohjata keskustelun avulla heidän ajattelun mukaisesti oikealle tielle. Sama painostus ja metodit ovat yhä käytössä.

- Ne tosiaan naamioidaan seurakuntapäiviksi tai keskustelutilaisuuksiksi. Näissä tilaisuuksissa usein on aluksi alustus jostain hengellisestä aiheesta ja alustuksen jälkeen seuraakin vanhanaikainen syyttävä painostava hoitokokous.

- Näppärää eikö? Muutetaan vain nimeä. Irvokasta!

- Mitä ajattelet yhteisöllisyyden turvasta?

- Eihän yhteisöstä todellisuudessa turvaa ollut. Yhteisöllisyyden turva on harhaa. Yhteisöväkivallan kontekstin sisällä on perheväkivalta. Tätähän ollaankin jo sivuttu aiemmin.

- Aivan. Perheväkivalta. Sekin on sitä eksklusiivista alistamista. Ja alituinen hyljätyksi tulemisen pelko ohjaa järjestelmän mukaiseen käyttäytymiseen. Vallankäyttäjä ruokkii uhrin pelkoa ja uhrin pelkokäyttäytyminen vallankäyttäjää.

- Jumalan nimissä se voi olla myös hyvin fanaattista. Perhe on pienoisyhteisö käyttäytymisen kontrolloijana ja toteuttajana. Elämän säännöt ovat jumalan asettamia elämänmalleja, joita säilyttämällä usko säilyy ja palkkana on taivaspaikka.

- Vaihtoehtona vain helvetti sekä yhteisöstä ja valitettavan usein myös perhepiiristä poissulkeminen. Muistan, kun minutkin puhuteltiin johtokunnan voimin, kun pidin yhteyttä yhteisöstä eronneeseen serkkuuni. Se tuntui hirveän pahalta. En taipunut heidän tahtoonsa. Jouduin tiiviin kontrollin alle.

- Sinäkin olit aikamoisen rohkea vastustaja. Vaihtoehdot olivat minimaaliset. Valinnanvaraa käytännössä ei ole, jos näköalaa ei ole kauemmas. Eikä kaikkien rohkeus riitä kritisoimaan.

- Se on fyysistä ja henkistä perheväkivaltaa jumalan nimissä.

- Perheessä lapset oppivat käyttäytymismallin, jota useimmat jatkavat sitä oikeutettuna omissa perheissään. Malli siirtyy valitettavasti.

- Ja sitten siinä käy huonosti, kun perheiden lasten lukumäärä on suuri. Perheen käyttäytymismallit toistuvat moninkertaisina tulevaisuudessa.

- Kyllä, näin se menee. Yksilöväkivalta saa eksklusiivisen ja fanaattisen piirteen, mikäli vastustusta ilmenee. Muutoin se on näkymätöntä manipulointia, alistamista, nöyryyttämistä, ohjausta. Yksilö oppii pelin säännöt ja yksilön omatunto muokataan jo lapsena toimimaan koko systeemin hyväksi. Se omatunto on oma arvokeskus.

- Tulee mieleen oma perhe-elämä. Olin koko ajan varuillani ja lapsemme oli varuillaan. Ja pelko oli aina läsnä ja kontrolli. Oli riuhtaisuja, lasten pakottamista nurkkaan ja sulkemista pimeään huoneeseen. Tai vielä pahempaa. Pienestäkin erimieltä olemisesta rajua väkisin sylissä pitämistä, vaikka olisi riittänyt pyytää lapsi viereen ja keskustella siinä. Ovenkahvat oli irrotettu - lapsilla ei ollut turvapaikkaa, minne paeta heihin kohdistunutta äkkinäistä kovakouraista raivoa. Minä yritin ehtiä aina väliin, ettei lapset fyysisesti vahingoittuisi. Sain mustelmia ja väkivalta kohdistui minuun jatkuvana halventamisena ja vähättelynä. Elin lasten kanssa jatkuvan uhan alla. Murenin, uhriuduin, en enää osannut edes hakea apua. Normalisoin sen käyttäytymisen. Kolmannen lapsen syntymän jälkeiset komplikaatiot saivat minut hereille. Olin lähellä kuolemaa vauvani kanssa. Mies uhkaili. Halusin sairaalasta turvakotiin toipumaan, sillä kotona pelkäsin lasteni ja itseni puolesta. Turvakodissa sain tarvittavan avun. Toivuin. Siitä sitten alkoikin minun isompi herääminen. Irtautumisprosessi ensin yhteisöstä ja sitten avioliitosta. Lapsille jäi isot traumat siitä väkisin kiinnipitämisestä ja yksin huoneeseen sulkemisesta. Kaikkein pahimman jäljen jätti vähättely – henkinen alistaminen, orjuuttaminen, kontrolli. Lapset tarvitsivat terapiaa monta vuotta. Toisaalta ajattelin, että mieheni toisti oman kotinsa malleja. Hän ei ymmärtänyt tarvitsevansa apua silloin. Meidän eron jälkeen ja lasten pitkän terapian jälkeen, lopulta exänikin ymmärsi hakea apua itselleen.

- Hyvä, että teillä kaikki sai apua lopulta. Se on niin murentavaa se väkivalta. Ja pitäisi vaan uskoa anteeksi ja antaa anteeksi. Pitäisi uskoa, että avioliitto on elinikäinen ja jokainen lapsi on herran lahja. Minäkin koin pelkoa koko lapsuuteni, senhän sinä tiesitkin. Ja myös jossain vaiheessa avioliittoani. Olimme olleet avioliitossa yli kymmenen vuotta. Mieheni ei ollut käyttäytynyt väkivaltaisesti sitä ennen. Sitten yhtäkkiä aivan odottamatta se tapahtui. Olin järkyttynyt. Itkin yön yli äänettömiä kyyneleitä ja aamulla puin mustelmat peittävät vaatteet ja menin töihin. Kuin mitään ei olisi tapahtunut. Enkä tietenkään mennyt lääkäriin. Psyyke sulki pois tapahtuman. Mutta siitä hetkestä lähtien alkoi avioliittoni eroprosessi. Teimme sitä yhdessä, pystyimme keskustelemaan. En kokenut kontrollia kotona. Prosessi oli hidas ja pitkä. Niin kuin yhteisöstäkin ero. Vasta vuosien päästä terapiassa purin tuonkin kokemuksen. Me kaikki ollaan saatu apua ja päästy noista synkistä ajoista yli. Ei mennä niihin takaisin enää rypemään. Jatketaanko pohdintaa filosofisemmin?

- Juu jatketaan. Nuo kuitenkin oli hyviä esimerkkejä väkivallan jatkumosta ja sen tiedostetusta ja tiedostamattomasta oikeutuksesta yhteisössä.

- Niinpä. Väkivalta on niin yllättävää. Ja se tosiaan pitäisi vain uskoa ja antaa jeesuksen nimeen anteeksi. On se outo yhteisö oppeineen.

- Järjestelmässä korostetaan anteeksiantoa ja lapsena pysymistä hengellisesti.

- Yksilö saa anteeksi ja häneltä odotetaan kehittymättömyyttä, jäämistä lapsen paikalle uskomaan, että näin on jumala hyväksi nähnyt. Se on kauheaa.

- Niin on. Terve minä-kehityksen kehityskaari katkaistaan väkivaltaisesti hyvin lempeän anteeksiannon nimissä. Se ei ole pelkästään kauheaa, se on kovaa väkivaltaa!

- Tästä tulee vielä mieleeni yksi liima lisää. Harhan ylläpitäminen.

- Hyvä huomio. Harhaa on joka tasossa. Uskonyhteisön harhaa on yhteisöllisyyden turva. Perheinstituution harha on usko. Yksilön tasolla harha on anteeksianto.

- Toisin sanoen yhteisö on instanssi, jota liikuttaa järjestelmä. Instanssin sisällä on pieninstanssi, perhe. Perhe on pienoisyhteisö, joka palvelee järjestelmän yhteisöä ja yhteisön tarpeiden palvelemisen kautta koko järjestelmää.

- Näin on. Perheeseen taas on sidottu yksilö, joka toteuttaa järjestelmän arvomaailmaa.

- Järjestelmä ja sen toiminta on niin tiivis kokonaisuus. Yksilö ei siinä ymmärrä olevansa yksilö. Perhe ei ymmärrä olevansa perhe. Yhteisö ei ymmärrä olevansa yhteisö. Vaan kaikki on tiiviisti sulautunut järjestelmään, joka pyörittää itse itseänsä.

- Juuri noin. Kaikki on symbioosissa kaikkien kanssa. Minän eli itsen raja on sama kuin yhteisön raja. Järjestelmän iho on yksilön iho.

- Millään tasolla vastuu ei löydä kantajaansa, vaan kaikki on suurta kaaosta.

- Ikiliikkuvaa kaaosta.

- Suuri riski yksilötasolla tässä järjestelmässä on tulla yhteiskunnallisella ulottuvuudella rikkinäiseksi, syrjäytyneeksi ja jopa fanaattiseksi piiloväkivallan puolustajaksi. Aggressiivinen radikalisoituminen on mahdollista myös meidän maamme tiiviissä uskonyhteisöissä.

- Niin, yhteiskuntaahan tämä porukka ei rakenna. Eikä globaalia maailmaa. Saati sitten maailmankaikkeutta. Todellisuudessa tämä herätysliike palvoo tekemäänsä jumalankuvaa, kultaista vasikkaa, hyvin narsistisen vallan alla.

- Minäkin allekirjoitan tuon. Hyvä yhteenveto. Säilyttääkseen jumaluutensa, uskonyhteisön tulisi kehittyä, uudelleensyntyä, mutta siihen se on liian vanhoillinen ikiliikkuva oravanpyörä, joka ei kykene uusiutumaan.

- Mutta on toivoakin, Anna-Loviisa! Loppuviimein monen sukupolven aikajänteellä yhteiskunta ja globaali maailma tulee kehittymään niin kauas tällaisista järjestelmistä, että vanhoillinenkin herätysliike tulee lopulta murenemaan, kuivumaan kokoon yksinäisyydessään.

- Tää oli terveellinen oivallus! En ollutkaan yksittäinen uhri, vaan systemaattisen hengellisen pelin yksi pelinappula. Oman henkisen tien kulkija, oman elämäni pelinappula, globaalin elämän pelinappula, maailmankaikkeuden pelinappula, pieni osanen koko suurta kosmosta, joka uudistuu koko ajan ja ikuisesti uudeksi.

- Toi ajatus kyllä helpottaa minuakin. Ei se ollutkaan niin henkilökohtaista kuin se silloin tuntui. Toiseuteen siirtyminen oli vaan melko kivulias prosessi. Sen koki niin henkilökohtaisena. Olihan se sitäkin, mutta kuului irtaantumisen riitteihin. Eihän lapsikaan kivutta synny. Uskonyhteisö yritti oman käsityksensä mukaan tehdä parhaansa ja pitää meistä kynsin hampain kiinni. Se oli väkivaltaa. Sitä se oli. Meille. Mutta heille se oli heidän käsityksensä mukaisesti välittämistä, rakkautta.

- Rikkinäiseksi siinä jäi, ainakin minä. Ilman terapiaa en olisi hengissä. Terapia auttoi minut vapauteen. Ne vuodet oli rankkoja vuosia, mutta oli hieno tunne tajuta, että minulla olikin eväitä. Mittaamaton määrä eväitä uuteen elämään.

- Minäkään en olisi selvinnyt tolpillani ilman terapiaa. Se oli kyllä elintärkeä prosessi. Mutta ei se kaikkia jälkiä poistanut. Rikkinäisyyttä jäi. Sen kanssa vaan täytyy elää.

- Niin minullekin. Rikkinäisyys jää. Jälkiä jää. Se on luonnollista sellaisen elämän jäljiltä. Terapian jälkeen niiden kipujen kanssa osaa kuitenkin elää antamatta niille liikaa tilaa. En usko, että vammautumatta kukaan selviää. Jokaisen on vain selvittävä vammojensa kanssa. Ja toisaalta, oravanpyörässä olisimme vammautuneet vieläkin enemmän. Tein terapian aikana oravanpyörästä laulun. Se kuuluu näin:

O-ra-van-pyörä on kuin pyyk-kikoneen rum-pu.

O-ra-van-pyörä pe-see ai-voja.

Pesee te-hok-kaas-ti ai-voja.

Niin tehok-kaas-ti, et-tä ne lakkaavat toi-mimasta.

O-ra-van-pyörä on iki-liik-kuja.

O-ra-van-pyörä ei py-säh-dy kos-kaan.

O-ra-van-pyörä liikkuu niin nopeasti, niin liukkaasti,

että siel-tä joskus ihan vahin-gossa jo-ku puto-aa.

Joskus pu-donneet jäävät hen-kiin ja jos-kus

jonkun pu-donneen henkiin jää-neen

ai-vot pääsee turvaan.

Ja jois-sain hyvin har-vi-naisissa ta-pauksissa

alka-vat toi-mia o-sit-tain.

Alkavat toi-mia vam-moista huolimat-ta,

sillä kat-sos ai-vot o-saa-vat parantaa it-sensä

ja vammau-tunutkin voi elää

kohtuu-on-nellista elämää.

Joskus käy niin on-nel-lisesti. Vai käy-kö?

- Mahtava räppi. Meille ainakin kävi hyvin. Me elämme kohtuuonnellista elämää. Olemme saaneet apua ja olemme oppineet elämään ilman kipujen haittaa. Ja tosi on. Vammautumatta ei irti pääse, ei kukaan.

- Lohduttavaa on kuitenkin sekin, ettei vammautumatta oravanpyörässäkään säily. Vammoja on kaikilla.

- Valitettavasti vammoja on kaikilla. Sitä tipahtaa kuin valoon vieraalle planeetalle, jossa kaikki toimintamallit ovat vieraita.

- Näin on. Se ei ole helppoa. Me saatamme olla kuin lapsia, jotka eivät osaa toimia tai käyttäytyä. Joiden on opeteltava elämään alusta alkaen uudessa ympäristössä, uudenlaisten ihmisten ja toimintojen keskellä.

- Tämä kyllä aiheuttaa hämmennystä, joskus ahdistustakin molemmin puolin. Minussa ja varmaan sinussakin sekä uudessa ympäristössä.

- Koettu on, Helena. Noin se menee just. Onneksi löytyy auttajia, tukijoita. On viisasta ottaa tuki ja apu vastaan, sillä muutoin elämä on tuskallisen yksinäistä. Eikä yhtään tarvitse hävetä.

- Se on myös outoa. Ja henkisesti rankkaa. Jatkuvaa uuden opettelua.

- Toisinaan taas ympäristön tuki on liiankin innokasta. Oletko huomannut? Uuden ympäristön ihmiset eivät voi ymmärtää millaisessa irrallisessa kuplassa ihminen on voinut elää. Ja haluavat tehdä meistä kaltaisiaan.

- Olen huomannut sen. Sitten kaikki vapaus ja valo sokaisee välillä.

- Uudessa ympäristössä on myös harhauttajia, jotka näkevät avuttomuuden ja haluavat harhauttaa pahaan. Pahaakin siis on, ihan yhtä paljon kuin uskonyhteisön kuplan sisällä oli. Hyvää ja pahaa tai rakentavaa ja tuhoavaa.

- Näin on. On opeteltava erottamaan ja valitsemaan. Se käy täysipäiväisestä työstä. Elämään opetteleminen ja valintojen jatkumon merkityksen ymmärtäminen uudessa ja oudossakin ympäristössä.

- Mitä pidempi aika uskonnollisen kuplan sisällä on kulunut, sen vaikeampaa on oppia elämään valossa ja vapaudessa, löytää ystäviä ja rakentaa tasapainoinen arki uudessa ulottuvuudessa.

- Kaikki oravanpyörästä pudonneet tarvitsisivat terapian, viimeistään irtautumisen jälkeen. Niin harva löytää avun.

- Ja niin moni tukehtuu vammoihinsa turvaan päästyään.

- Tarvitaan paljon voimaa ja paljon rohkeutta vielä oravanpyörästä putoamisen jälkeenkin ja lisäksi paljon onnea ja ihmettä. Ja ennen kaikkea uskoa siihen, että elämä kantaa.

- Niinpä, noin se on minunkin kokemuksen perusteella. Miten sinä koit terapian? Haluatko kertoa vai onko liian kiusallista?

- Ei ole kiusallista. Aiemminhan kerroin heräämisestä ja siitä, että irrottauduin yhteisöstä. Se oli sitä yksilöitymistä, henkilökohtaisen arvomaailman rehellistä katsomista. Se prosessi terapiassa jatkui. Hahmotin missä olin elänyt. Sen hahmottamisen vaikeus yllätti minut.

- Se hahmottaminen oli minullekin yllättävän vaikeaa. Siihen meni monta vuotta. Se johtui siitä, että olin syntynyt yhteisöön, laumaan, yhteisön arvoihin. En ollut saanut olla koskaan yksilö. Ja lapsuuteni oli niin fyysisenkin väkivallan täyttämää, ettei henkinen kehitys mennyt senkään vuoksi tavanomaisia latuja. Olitko sinäkin, syntynyt yhteisöön vai hakeutunut itse sinne?

- Synnyin uskonyhteisöön, äärikristilliseen perheeseen. Ei siellä kukaan kehity normaaleja latuja. Yhteiskunnan neuvola- ja koulujärjestelmät eivät ymmärrä sitä. Kun syntyy yhteisöön, omat rajat ei oikeasti kehity ja siksi hahmotusongelma on niin monitahoinen.

- Jälkikäteen prosessiani katsoen koko terapiaprosessi oli hahmottamista ja itsen löytämistä aikamoisesta sekamelskasta.

- Just noin minäkin terapiajaksoni koin, Anna-Loviisa. Ja sitähän minä sieltä hainkin. Selkiyttä. Kerron nyt sulle mun prosessin, haluatko kuulla?

- Haluan. Kerro.

- Terapiaistuntojen keskustelut, kuulluksi tuleminen, nähdyksi tuleminen, terapeutin henkinen läsnäolo loi turvallisen kontekstin. Minähän hahmotan paljon piirtämällä. Käytin siis piirtämisen metodia keskustelun apuna. Piirsin kaksi mandalaa. Ensimmäisen aiheesta mennyt elämä. Siihen muodostui haparoiva reuna. Sen sisälle piirsin minun elämäni tärkeimmät osa-alueet. Siihenastiset. Sinne sisään keskelle tuli pieni ympyrä, jossa luki perhe. Senkin reunat olivat himmeät, haparoivat. Koko elämänmandalan sisuksen täytti uskonnollinen yhteisö ja sen usko, sen uskonyhteisön arvomaailma. Minun perhe kellui siinä uskonyhteisön liimassa juuri ja juuri ohuella epämääräisellä viivalla erotettuna. Piirsin tämän ensimmäisen mandalan lyijykynällä. Terapeuttini kysyi minulta: "missä sinä olet?" Olin hämmentynyt, näytin perhekuplaa ja sanoin: "Tuolla sisällä." Palasimme muutaman terapiakäynnin jälkeen tähän mandalaan. Pöydällä oli jälleen värikyniä ja lyijykyniä. Terapeuttini kysyi minulta jälleen: "Missä sinä olet?" Otin mustan värikynän ja piirsin sillä selkeän pienen pisteen perhettäni kuvaavan kuplan sisälle. Terapeutti kysyi minulta seuraavaksi: "Haluatko tehdä jotain muutoksia piirrokseesi?" Nyökkäsin ja vahvistin perhekuplan haparoivan himmeän ääriviivan teräväksi mustaksi selkeäksi viivaksi. Kirjoitin perhe-sanan viereen sanan avioliitto samalla mustalla teräväkärkisellä värikynällä. Olin löytänyt henkilökohtaisuuteni ja hahmottanut, että yhteisön uskonopin mukaan solmittu avioliitto oli automaattisesti tuottanut perheen. Olin kuitenkin vielä perheessäni hyvin pienenä pisteenä, eikä siinä ollut muita yksilöitä. Mutta jo tässä vaiheessa halusin rajata selkeällä viivalla yhteisön perheestäni. Perheeni kellui nyt selkeästi erillisenä kuplana yhteisön liimassa ja se liima ei ulottunut enää perhekuplaani. Taas muutaman terapiakäynnin jälkeen piirsin lisää. Erotin avioliiton perheestäni. Yhä mustalla teräväkärkisellä värikynällä.

- Kertaa minulle vielä, mitä nyt kuvassa oli, että pysyn kärryillä, Helena.

- Kertaan. Keskellä musta piste kuvasi minua. Pisteen ympärillä kehällä erotettu avioliitto, jonka ympärillä oma kehä perheelle. Ja sitten iso ympyrän kehä, jossa haparoiva kehäviiva.

- Siis kolme ympyrää sisäkkäin ja niiden keskellä piste. Ulommainen ympyrän kehä enää tässä vaiheessa haparoiva?

Helena kaivaa käsilaukustaan paperin ja kynän ja piirtää.

- Näin. Tuossa vaiheessa minun henkilökohtaisuuteni rajat olivat avioliitossa, ei vieläkään minussa. Mutta etenin terapian edetessä. Oivalluksia omasta tilasta alkoi hahmottua. Terapeutti kuori minusta yksilöä esiin. Teki siis sitä työtä, mitä jokaisen vanhemman tulisi tehdä lapsilleen. Kuoria ja tehdä tilaa ihmisen itselle turvallisesti. Tai oikeastaan antaa tilaa kuoriutumiselle.

- Sitähän se henkilökohtaisuus on. Itsen hahmottamista. Kuoriutumista. Ymmärtää mihin itse päättyy ja mistä toinen alkaa. Ja sen jälkeen vasta kuoriutuu omat arvot näkyviin. Siellähän ne on piilossa koko ajan. Todellisuudessa mikään ei muutu. Ei terapeutti mitään meissä muuta. Vain auttaa kaiken olemassaolevan tulla näkyväksi. Se on ihmeellinen prosessi. Ja tosiaan se prosessi, mikä todellisuudessa lapsen pitäisi saada käydä läpi täytettyään kaksi vuotta. Symbioosivaiheen jälkeen kuoriutua omaksi itsekseen. Ok, siis jatka vaan.

- Niinpä. Sitten kuvaan palattiin aina muutamien terapiakertojen välein ja sain halutessani täydentää sitä. Sitten taas kerran terapeutti kysyi minulta: "Missä sinä olet?" Halusin täydentää kuvaa. Piirsin teräväreunaisen kehän hyvin lähelle pistettä ja sanoin: "Tässä minä olen." Minun henkilökohtainen kuplani oli nyt ihan irrallinen ja perhekuplani kellui siinä uskonnollisen yhteisön liimassa ja sen uskossa, mutta täysin erillisenä. Olin myös yksilöitynyt perheessäni ja avioliitossani. Terapeutin sipulinkuorintamenetelmä jatkui. Prosessi alkoi muuttua todellakin mielenkiintoiseksi. Kuka minä oikeasti olin?

- Se oli jännittävä vaihe. Elin 2-7 vuotiaan vajaaksi jääneen kehitysvaiheen ehjäksi. Minusta tuli hyvin utelias katsomaan peiliin, henkiseen ja fyysiseen. Muutos näkyi myös fyysisessä olemuksessa.

- Minäkin huomasin sen, Helena, itsessäni. Jatka nyt, minustakin tulee utelias, miten löysit itsesi?

- Jatkan siis, Anna-Loviisa. Tuo uskonnollinen yhteisö ja sen usko oli ollut minun elämänkulttuurini. Kun tarkastelin asiaa, niin olinkin ollut irrallinen kupla syntymästäni saakka. Irrallinen kupla, jonka keskellä oli tuma. Tumalla juuret, jotka menivät tuon uskonnollisen yhteisön ja sen uskon lävitse jonkin suuremman mandalan, koko maailmankaikkeuden keskustaan. Pyhään olevaiseen. En vain ollut hahmottanut sitä. Tuntui hyvältä ymmärtää, että olin löytänyt juureni. Ymmärsin olevani oikeasti irti uskonnosta ja uskonyhteisöstä! Irti olin varmasti ollut kauan, en ota siihen kantaa, koska määrite irtipääsemiseen ja olemiseen on minulta jäänyt määrittämättä. Miellän kuitenkin vapaudenhetken hetkeksi, jolloin itsessäni tietoisesti olin irti. Minun sisälle tuli rauha. Jatkoin elämäni keskeisten arvojen kuvantamista mandalan avulla. Otin pöydältä vaalean sinisen värikynän. Ensimmäisen kerran väriä! Ja piirsin puhtaalle paperille sillä vaaleansinisellä ison mandalan. Sen kehä oli selkeä. Ja samalla värillä piirsin yhtä selkeän pienen ympyrän kehän keskelle. Väritin sen pienen ympyrän vaalean siniseksi. Terapeutistani näkyi uteliaisuus. Hän selkeästi todisti uutta syntymää. Mutta hän oli ammattimaisesti hiljaa ja odotti kuvan valmistumista. Irrotin oman henkilökohtaisen kuplani sen ympäröivästä kaaoksesta, koska olin päässyt siitä kaaoksesta irti. Otin tarkasteluun oman elämäni ja suurensin sen omaksi mandalaksi. Se oli selkeä ympyrä - kehä. Sen keskellä oli sielu, joka oli yhteydessä maailmankaikkeuden pyhään olevaiseen. Siitä erottui äärikehälle sektoreina minulle tärkeät jokapäiväiset asiat, joita arvomaailmani rakentaa. Sieltä löytyivät ystävät, arki, kyläyhteisö, työ, terveys, lapset ja muut läheiset. Nämä kaikki sektorit sulautuivat kärkiosiostaan keskimmäiseen sieluosioon. Sielu oli arvokeskus, minun henkilökohtainen.

- Melko selkeä kuvaus. Upeaa! Sielusi kuvasti mandalassa arvomaailmaasi, jonka kehyksen kautta toimit sektoreissasi. Olit elänyt uskonnollisessa järjestelmässä kuin instituutiossa ja sen arvomaailmassa kasvaaksesi ahdistuksen ja ristiriitaisuuksien kautta omaan henkilökohtaiseen irtaantumisen kriisiisi.

- Juuri tuollainen oli kokemukseni. Lopulta ymmärsin, ettei se ollutkaan minun uskonkriisini, vaan paljon suurempi kriisi. Se muotoutui jatkuvaksi evoluutioksi. Jatkuvaksi elämänkasvuksi. Jatkuvaksi henkiseksi kasvuksi. Tämä kokonaisuus hahmottui minun pääkopassani koko elämänlaajuiseksi reaalielämän ja fyysisen kuoleman, tuonpuoleisen elämän, koko maailmankaikkeuden ja sitäkin suuremman kokonaisuuden evoluutioksi. Hämmentävän onnellinen lopputulos!

- Tuo tukee sitä aiempaa oivallustamme siitä, että ollaan koko kosmoksen pelinappuloita. On tärkeää tukea omaa arvojensa mukaista elämää ja elää sen puolesta eikä vastaan. Minäkin haluaisin kertoa vielä omasta prosessistani lisää. Haluatko kuulla?

- Haluan. Olen utelias kuulemaan. Annahan tulla, Anna-Loviisa.

- Järjestäessäni mennyttä elämääni pohdiskelin kaikenlaisia kysymyksiä. Pommitin niillä terapeuttiani ja odotin vastauksia. En saanut vastauksia. Sain vastakysymyksiä. Se oli perusteellista työskentelyä, maan muokkaamista pehmeämmäksi, jotta siinä voisi uusi elämä kasvaa. Onko perusolemus olemassa vai muokkaako ympäristö meidät johonkin rooliin? Pakenemmeko vai kehitymmekö? Onko pako aina kehitystä, vai onko se taantuma tai kehitys? Onko pako loittonemista ja loittoneminen pakoa? Itse loittonin, otin etäisyyttä ja irrottauduin uskonyhteisöstä ja löysin henkilökohtaisen itseni, jolla oli kosketus universaaliin todellisuuteen. Huikea kokemus, haastava matka! Sillä matkalla täytyi selvittää vaikeutensa perusteellisesti ja voittaa ne. Jouduin ottamaan itseni monesta instituutiosta irti, ennen kuin kykenin irtaantumaan kokonaan järjestelmästä. Irrottauduin luterilaisesta kirkosta. Se oli pitkän pohdinnan tulos. Sain seurakunnalta kirjeen, jossa myönnettiin minulle ero silloisesta luterilaisen kirkon seurakunnasta. Hämmästykseni oli suuri. Olinhan kasvanut käsitykseen, että kirkkoon kuuluminen oli jotain suurta, vakavaa, välttämätöntä ja jumalallista. Olinkin kuulunut vain luterilaisen kirkon asuinpaikkakuntani evankelisluterilaiseen seurakuntaan. Seurakuntaan, jonka tilaisuuksissa en koskaan käynyt. Muistan turhautumiseni. Eron jälkeen kävin vuoropuhelua itseni kanssa, haluanko liittyä ortodoksiseen kirkkokuntaan. Se oli lähempänä arvomaailmaani kuin luterilainen. Se oli myös mummoni kirkkokunta. Kamppailu oli pitkä. En liittynyt.

Selvitin eri kirkkokuntien arvojärjestelmiä ja ymmärsin, etteivät ne ole minua varten. Enkä minä niitä varten. Niin olin onnellisesti kaikista kirkoista vapaa ja minulle avautui universaali uskonnäkemys kaikkien uskontojen taakse. Ymmärsin, että usko oli ollut maailmassa jo ennen yhtäkään uskontoa. Sitten jatkui uskonyhteisön arvojärjestelmän kanssa henkinen työskentely ja päädyin siinäkin onnellisesti eroon. Tässäkin tapauksessa minulle lahjoitettiin syvempi uskonkäsitys ilman uskontoa. Sain kosketuksen pyhään ja kauniiseen, henkilökohtaisen ja universaalin yhteyteen. En muista itsekään enää, missä vaiheessa irrottauduin henkisesti avioliitostani. Sekin oli pitkä prosessi. Tämäkin oli hämmästys minulle. Tuon herätysliikkeen keskellä avioliittoon sitoutuminen on niin muodollisen pyhä asia ja siihen kuuluu hirvittävän vakavia riittejä, mm liittoon sitoudutaan ilman esiaviollista suhdetta. Avioero ei ole hyväksyttävää avioliiton elinikäisyyden vuoksi. Se on jumalan asettama liitto. Kun avioeroni oli tuomioistuimessa hyväksytty, luin taas kevyttä paperia, kevyempää kuin työtodistus vaihtaessani työpaikkaa. Tässä vaiheessa heräsin tutkimaan avioliittolakia ja sen merkitystä. Innostuin lukemaan myös avioehtolakia ja kaikkea mitä siihen liittyy. Jälkiviisaana ajattelin, että nuo pitäisi kyllä jokaisen avioliittoon menijän lukea, ennen kuin aikookaan naimisiin. Avioliitonkin merkitys aukeni minulle universaaliin taajuuteen. Olemme vastuussa itsestämme suhteessa toisiin, lähimmäisenä kaikkien kanssa ilman mitään liittoja. Pyhä liitto on aivan jotain muuta kuin kirkon tai herätysliikkeen siunaama liitto omine lakeineen. Kaikki menneessä elämässä tuntui ulkokullaiselta, jopa rakkaus. Olin siis luopunut paljosta ja saanut paljon enemmän, määrättömän paljon.

- Pelkäsitkö? Henkinen työskentelyhän oli kovin itsenäistä. Tosin terapeutti oli tukena, mutta varsinainen työ tehtiin itse.

- Pelkäsin. En tiedä ketään, joka ei olisi pelännyt vastaavassa prosessissa. Ennen kuin pääsin noihin luopumisiin saakka, tunsin olevani niin hirvittävän yksin, että pelkäsin olemuksenikin häviävän. Rämmin kysymysten suossa. Tulinko lapsena yksilöksi vasta sitten, kun väkivalta meni äärimmäisyyksiin, seksuaaliseen kähmintään? Senkin jälkeen kului puoli vuotta, kunnes Pekka-isäni tappoi kissani yrittäessään heittää minut seinään. Sittenkö vasta olin valmis heräämään? Vai vasta silloin aikuisena, kun kokonaiskuva alkoi hahmottua minulle ja halusin siitä järjestelmästä pois? Tapahtuuko yksilöityminen silloin, kun emme suostu toisten asettamaan muottiin? Ollaanko me sitä, mitä toiset meistä luovat vai luommeko me itse itseämme? Miten me luomme itse itseämme? Onko se valintojen tekemistä itsensä hyväksi, huomioiden läsnäolevasti itsemme, rehellisyytemme ja aitoutemme itseämme kohtaan? Kysymyksiä syntyi koko ajan lisää. Saavutetaanko jatkuva vapaus, joka pohjautuu rehellisyyteen, valitsemalla itsensä? Taistelin kriisissäni ja kohtasin pelkojani. Yksi kerrallaan selätin ne. Ratkaisuhan oli minun. Unelma vapaudesta, väkivallattomuudesta, rauhasta, kunnioituksesta, rakkaudesta ja itsemääräämisoikeudesta. Minä saavutin sen. Ja todellisuudessa olin minäkin ollut paljon aiemmin irti kuin itse sitä ymmärsinkään. Ihan niin kuin sinä itsestäsi sanoit.

- Sinä saavutit sen. Hyvä sinä, Anna-Loviisa!

- Ja hyvä sinä, Helena! Me ollaan aikamoinen työ tehty. "Sielun palttoot ol meiltä puhistunt", mummon sanoja lainatakseni.

- Sinun mummo oli ihana. Sellanen elämän akatemian professuurin omaava viisas nainen.

- Ja vahva. Henkisesti ja fyysisesti.

- Haluaisitko sanoa jotain universaalista rakkaudesta? Ymmärsin sinullakin olevan siitä kokemusta. Sitähän ei kaikki koe tai saavuta tai löydä, miten sen kokemista nyt sanoiksi kokoaisin. Ymmärrät varmaan, mitä tarkoitan?

- Ymmärrän juu. Aukaisen ajatuksiani siitä. Alkuvoimaa minä elämäksi sanon. Se on jumaluuden voimaa, mikä pyörittää kaikkea kosmonääristi, maailmanlaajuisesti, valtakunnallisesti, yhteisöllisesti ja yksilöllisesti. Se on pysähtymätön voima. Kun ihminen hyväksyy sen olemassaolon, kaikki etenee vauhdilla. Uusi universaali henkinen tila tarkoittaa vanhojen muotojen ja velvollisuuksien taakse jättämistä ja oman vastuullisen elämän elämistä uudessa laajemman henkisen ajattelun ulottuvuudessa. Uusiutuminen on jatkuvaa. Hyvä muuttuu paremmaksi.

Rakkaus rakentaa rauhaa ja laajenee, yhdistää, eriyttää ja yhdistää jälleen. Suorittava elämä muuntuu olevaisuudessa elämiseksi. Silloin on löytänyt itsestään universaalin rakkauden tilan, joka on pyhyyden ja kauneuden näkemistä ja kokemista kaikessa elävässä. Maailmankaikkeuden pyhä parantava voima pitää kosmosta koossa ja ulottuu meihin ja me tunnemme sen olemassaolon, olemme osa sitä. Rakkaus uudistuu universaalissa voimassa koko ajan, uudistuu ja kehittyy. Tämä kierto on jatkuvaa ja uusiutuminen ikuista. Onneksi jokaisella on oikeus kasvuprosessiin, eteenpäin menemiseen, henkiseen kehittymiseen, evoluutioon. Yksilöillä, yhteisöillä, kansakunnilla, maailmalla, koko kosmoksella. Ajatteletko sinä samoin?

- Kyllä. Rakkaus on tila, mutta ei tahtotila. Se on mielestä irti oleva olemassaolon perustila, joka on jokaisen ihmisen mahdollista löytää itsestään. Se on sielu. En tarkoita sielulla kuitenkaan uskonnollista käsitettä. Rakkauden tila ei ole sidoksissa uskontoihin.

- Mahtava kiteytys, kiitos! Se oli hyvä päätös tälle keskustelulle. Sisällyttäisin mielelläni tämän keskustelun kirjaani. Sopiiko se sinulle Helena?

- Kirjoitatko kirjaa? Prosessistasi?

- Juu kyllä, kirjoitan kirjaa nimeltä Rikottu - Sielunpalttoo.

- Mahtavaa. Toki voit sisällyttää tämän keskustelun kirjaasi halutessasi. Olen iloinen siitä, jos sillä on tilaa kirjassasi. Mistä nimi Sielun Palttoo?

- Kiitos luvasta. Tästä keskustelusta tulee se kokoava loppuluku, Sielun Palttoo. Nimi on peruja mummon ajatusmaailmasta. Samaisesta sielusta, mistä äsken kerroit ja sen päällä olevasta suojapalttoosta.

- Onpa hauskaa, että mummosi on mukana. Minähän tosiaan kuvasin äsken tuota sielua ja sehän on niin, että sielulla on se palttoo päällä, enpä ole tullut aiemmin ajatelleeksi.

- Minusta se on koskettava kuvaus siksi, että mummoni henkinen testamentti minulle oli: "Pie sie sielus turvassa tyttö. Aina. Silloin pyssyy elämä tolpillaa. Kaho sie, napita palttoos auki, kiännä se ku tarvihee ja napita taas kii. Sielu on suojas palttoon sisäs. Muistaha koko elämäs ajan. Elämän voima assuu sielus. Jos ei sielu oo suojas, nii elämä katoaa. Silimät on sielun akkunat. Niist näkköö, onk sielu turvas."

- Taidat olla sisäistänyt testamentin, se näkyy sinusta Anna-Loviisa.

- Kyllä se on verissä. Palttoota olen kääntänyt tarpeen tullen, napitellut auki ja kiinni. Tämä käsikirjoitus on yhden kierroksen tulos, napitin palttoon auki, kiänsin ja napitin kii.

- Kuulostaa ihanalta. Kerro vielä mitä loppuluku kokoaa?

- Hauskasti kysytty. Se kokoaa minun kaaokseni, terapiaprosessini, sisäisen muutokseni vaiheet, naiseuteni ja itsemääräämisoikeuteni kasvuprosessin.

- Ihanaa! Hyvin kuvaavan nimen olet löytänyt sille. Onnea työskentelyllesi kirjasi parissa! Onnea ja menestystä kirjallesi! Halataanko?

- Halataan! Kiitos sinulle, Helena.

- Kiitos, Anna-Loviisa.

Helena menee edeltä rappuihin ja astelee ne kevyesti alas. Anna-Loviisa seuraa perässä ja liu'uttaa kättään tapetin pinnassa. Tapetti tuntuu yhä silkkiseltä käden alla. Vaaleanpunaiset pionin terälehdet ja tumma taustakin. Punainen kokolattiamatto rapuissa on pehmeä ja upottava jalan alla. Askeleet ovat siksi äänettömät. Anna-Loviisa ei saavuta enää lapsuuden tunnelmaa. Se on pois. Äitikin on pois. Anna-Loviisa on tässä ja nyt. Menneisyys on paketissa ja omassa arvossaan. Elämä jatkuu vapaudessa sielun palttoo napitettuna.

***

- Kiitos hei, tulemme taas joskus.

- Kiitokset kahvista ja kaikesta. Hei.

- Kiitos teille. Mukavaa kun viihdyitte. Tervetuloa uudelleen.

- Kiitos, tulemme toistekin.

***

- Helena. Eläköön vapaus! Napita palttoos!
- Napitan. Napita sinäkin! Eläköön vapaus!
- Nähdään Helena!
- Nähdään Anna-Loviisa!

EPILOGI

Unelma

väkivallattomasta elämästä,

vapaudesta, turvasta,

itsemääräämisoikeudesta ja aidosta rakkaudesta

synnytti tämän teoksen.

Se on henkilökohtainen kannanottoni

turvallisen lapsuuden,

ehjän naiseuden ja siihen kasvamisen

sekä rehellisten läsnä olevien ihmissuhteiden puolesta.

           A Walkeapää

Milton Keynes UK
Ingram Content Group UK Ltd.
UKHW041832201024
449814UK00004B/346